哥儿

经典之作　名家译本

〔日〕夏目漱石——著

刘振瀛——译

人民文学出版社

图书在版编目(CIP)数据

哥儿/(日)夏目漱石著;刘振瀛译.—北京:
人民文学出版社,2017
（日本中篇经典）
ISBN 978-7-02-012323-0

Ⅰ.①哥… Ⅱ.①夏… ②刘… Ⅲ.①中篇小说-日本-近代 Ⅳ.①I313.44

中国版本图书馆 CIP 数据核字(2017)第 022134 号

责任编辑：甘　慧　王皎娇
装帧设计：汪佳诗

出版发行　人民文学出版社
社　　址　北京市朝内大街 166 号
邮政编码　100705
网　　址　http://www.rw-cn.com

印　　刷　山东临沂新华印刷物流集团
经　　销　全国新华书店等

字　　数　116 千字
开　　本　850×1168 毫米　1/32
印　　张　7.75
版　　次　2017 年 4 月北京第 1 版
印　　次　2017 年 4 月第 1 次印刷
书　　号　978-7-02-012323-0
定　　价　39.00 元

如有印装质量问题，请与本社图书销售中心调换。电话：010-65233595

目录

译本序　*1*

哥儿　*1*

译后记　*208*

夏目漱石年谱　*213*

松山中学执教时代的夏目漱石

译本序

一

一个杰出的作家，他的创作风格常常是多元的。《哥儿》的作者夏目漱石就是这样一个作家。他曾经用愤怒的笑、嘲骂的笑、调侃的笑，对金钱万能的社会发出鄙夷的诅咒，为知识受不到应有的尊重而愤愤不平；他也曾用明朗的笑、健康的笑，来表达他对正义压倒邪恶的愿望。到了创作后期，他逐渐收敛起正面批判日本近代化弊端的锋芒，转而拿起解剖刀来剖析知识分子个人主义的心理机微，揭示生存于日本近代社会中人与人相互伤害而最后又不能不伤害自己的孤独的绝望感。夏目漱石追求的主题不断变换，必然带来他创作风格上的不断改变与创新。从大体上来说，他的前期作品受到日本民族文学传统的某些影响，具有绚烂的浓重色调，构成作家独特的幽默风格或俳人趣味[1]；而后期的风格则渐趋

---

[1] 俳人趣味：日本江户时期以来从事俳句俳文创作的文人趣味。生活态度上主张疏放脱俗，重视风雅；文风上追求轻妙、谐谑、富于暗示的警句式的表现。

平淡自然，以适应作家剖析心理机微的需要。不管是哪种风格，都体现了作家的个性。《哥儿》以及处女作《我是猫》的语言和风格，可谓独树一帜，空前绝后。作者曾在书简中告诫过他的学生："说来奇怪，我讨厌模仿我的特点的文章。对于那些不去模仿我与旁人共通的地方，而是特地去模仿我个人特点的作品，我总感到写这种文章的人是缺少个性的。"这段话说明了他对艺术必须具备个性和独创性的见解，同时也从侧面说明了他的作品——特别是他的早期作品，不为当时"排斥技巧"的自然主义文学所动，敢于反驳自然主义作家的责难，走自己的路。

二

《哥儿》是一部中篇小说，故事情节并不十分复杂，是以作者十几年前在地方中学教书的生活体验为基础写成的。但他并不像当时自然主义派作家那样把作家自己客观化，或把周围的人作为模特儿来如实地描绘。他认为用这样的写作方法来标榜作品的真实性未免太狭隘、太平庸，不能真正打动读者。《哥儿》这部作品可以说是他这种信念的结晶，也可以说是他对当时自然主义评论家们责难他的作品带虚构性的一种回答。在这部作品中，他有意识地使用了典型、夸张、虚构的方法，使得《哥儿》成为"在日本文学有数的作品中最受欢迎、最为人所熟悉的小说"。

这部作品的主题在于揭露、抨击存在于日本教育界的黑暗现象。作品通过一个青年自叙的形式，写这个青年从物理学校毕业后到一所地方中学去教书时目睹的邪恶现实，以及后来从这所中学愤然离去的过程。由于作者的创作态度具有强烈的正义感，从而作品中出现的人物也都分为正义与邪恶两大类，泾渭分明。在邪恶势力方面，有绰号为"狗獾"的狡猾的校长，有绰号为"红衬衫"的阴险的教务主任和绰号为"蹩脚帮闲"的胁肩谄笑、下流无耻的图画教员；在正义的一方，有哥儿这个憨直的新教员，有绰号为"豪猪"的爽直豪放的数学课主任，还有遭受邪恶势力无端迫害的、绰号为"老秧南瓜"的英语教员，以及一群在邪恶势力下唯唯诺诺的人物。

《哥儿》这部作品的写作动机，在于作者对日本社会中作为官僚机构一环的教育制度的不满。在这种教育制度下，教育官僚统治着一切，只允许下属对他们阿谀奉承，推行形式主义、盲从主义的教育，而不允许任何异己者的存在。在这种环境里，尽管整个日本社会在走着近代化的道路，但作为教育的指导思想，却是什么"忠君""德化"之类乌七八糟的封建意识与近代科学技能的奇妙结合。明治天皇政府为了造就适合于这一目的的"国民"，必然要保留教育制度中的某些野蛮性、落后性和虚伪性。而在这种教育制度下产生的倾轧与暗害等等不正行为，也就必然肆行无阻。作者就是把存在于当时日本教育界的这种丑恶现实，用语言加以艺术的集中和概括。尽管表面上写的是一所地方中学，其实，这所中学不过是作者艺术构思中一幅带有普遍意义的图画，是作者成为作家之前数十年跻身教育界所郁积的感受的一次情不由己的喷射而已。这一点难坏了日本当代具有考证癖的文学评论家，他们查遍了作者在松山中学教书时的材料，发现作品中带有文学士头衔的"红衬衫"并无可与之相当的实在人物，而有这个头衔的只是作者本人。于是他们就只好提出"分身说"，认为这个"红衬衫"是作者自己的分身，而所谓分身，就是由作者来揭示自身内部世界的隐秘。这样一来，就完全抹杀了作者作为一个作家的炽热的正义感，从而也就否定了这部作品本身具有批判精神的重要意义。作者发表这部作品的当时，在致友人的信中就曾经这样写道："拙作如蒙推赏，不胜感激。我想，不仅中学，就是高校①、大学，都不会有'豪猪'这类人物。但像'蹩脚帮闲'之流却到处可见。我本人就在中学里目睹过两三个这种类型的人物。在高校里，毕竟很少有无耻到如此地步之徒（当然与之相似的，大有人在）。总之，这可能是因为在高校中不需要去逢迎校长之故吧。其所以看不到'豪猪''哥儿'这类人物，并非不存在这类人，而是如果有了这样的人，就会被免职，也就不可能存在。不知尊意以为然否。"在这段话里，可以看出作者对日本教育界的腐败现象的愤懑。可见《哥儿》中的人物，无论是正面人物也好，反面人物也好，都是现实生活作用于作者头脑的结果，作者一反日本近代文学中习见的"圣人也是强盗，强盗也是圣人"那种灰色人物形象的写作方法，爱憎分明地揭示了邪正两种人物，抨击了现实社会。因此，对"红衬衫"这个人物，是不能用什么"分身说"来

---

① 高校：战前日制教育中"高等学校"的简称，介于大学与中学之间，类似大学预科。

加以解释的。

(《哥儿》执笔当时(1894年秋)松山中学教员。被当作人物原型的有前排左二石川恒年(老秧南瓜)、二排右一渡部政和(豪猪)、右二西川忠次郎(红衬衫)、三排左一梅水忠朴(蹩脚帮闲))

日本近代文学中并不乏批判日本近代教育界或教育制度的作品。如岛崎藤村的《破戒》反映了日本教育界结党营私、排斥异己的腐败现象；石川啄木的《云是天才》抨击了日本教育制度的保守和落后；中野重治的《老铁哥的故事》揭露了日本近代教育中的虚伪性和封建性，等等。这些作品在批判日本近代教育方面，虽然各有一定的深度，但它们的基本主题往往别有所在。唯有《哥儿》这部长达九万余字的中篇，自始至终贯彻了作者的这一鲜明的主题，并围绕这一主题，取得了十分完美的艺术成就。

三

《哥儿》采取的是喜剧式的手法，主要表现在作者对作品中人物性格的夸张描写。当然，作者在作品中力图将主人公哥儿塑造成一个有血有肉的动人的形象，而这部作品的最大魅力，也的确有赖于它成功地刻画了这个人物鲜明而又复杂的性格。

作品喜剧式的夸张手法，还表现在这部作品中所有次要人物的身上，以及对环境的描写和事件结尾的处理上。

首先，作者利用主人公哥儿喜欢给周围的人分别起绰号的习癖，很自然地给许多人物赋予了形象的特征。这些绰号，如"狗獾""蹩脚帮闲""老秧南瓜"，都是和日本社会中尽人皆知的民俗、风习紧密地联系在一起的。作者除了利用这些绰号取得联想作用和滑稽效果之外，并没有放弃对这些人物特征的细密刻画。作者不仅在这些人物的体态、动作上赋予他们可厌的特征，更主要的是使用白描的手法，通过人物的语言来揭示这些人物的内心世界。"狗獾"道貌岸然的伪善面孔，"红衬衫"巧言令色、笑里藏刀的阴险性格，"蹩脚帮闲"下贱卑鄙的丑态，"豪猪"豪放爽直的性格，"老秧南瓜"的那种逆来顺受、失掉了任何反抗意志的可怜相——所有这些，主要都是凭借这些人物略带夸张的会话，生动地体现出来的。就是那些庸碌保身的其他众多教员，虽然着墨不多，也是根据这些教员各自的身份、习癖，三言两语、惟妙惟肖地传递出各自的神态。这种利用人物对话来揭示人物性格的手法，也是来自江户文学中滑稽小说的写作传统。当然，作者沿用这种手法，目的在于加强讽刺。在这部作品中，有两个集中揭露邪恶势力的戏剧性场面，一个是为了讨论如何处置学生捉弄教员而召开的会议，另一个是校长与教导主任暗地里迫害"老秧南瓜"之后，却偏要假惺惺地去为他开欢送会。这两个场面，已离开了作者贯穿全书的幽默主调，而是出自作者对这种丑恶现实的痛心疾首，是作者为揭开这种脓疮腐肉而发出的呼喊。鲁迅先生说得好："所谓讽刺作品，大抵倒是写实。"这种丑恶的场面，古往今来，又何尝少见。只是由于作家夏目漱石把它真实地再现出来，便成了对日本教育的强烈谴责，成了对伪善的、堂皇的言辞的绝大讽刺而已。

四

《哥儿》之所以深受广大读者的喜爱，一方面是由于作品分明的爱憎，另一方面也是因为它没有沦为一般通俗的道德小说，也没有沦为通俗的滑稽小说。它是一部以第一人称写成的小说，主人公哥儿既是事件的叙述者，又是冲突旋涡中的主要参加者。因此，哥儿这个人物的性格特征，就必然要从哥儿自叙的口吻当中，从哥儿叙述事件的字里行间出神入化地显示出来。

日本的"落语"，在作者写作的时代，已经发展成为一种"名手的技艺"，一种高度巧妙的语言艺术。许多著名的艺人，全凭模拟"落语"中经常出现的庶民阶层人物（他们通常被赋予阿熊、阿八这类名字）的口吻，绘影绘声地表达出他们的性格特征。《哥儿》的作者正是通过主人公本身独具个性的叙述口吻，通过他与其他人物进行对话时的快人快语，通过他对周围事物所做出的真率的反应与判断，使他的复杂性格、可爱之处、可笑之处，一一立体地再现出来。

为了使读者更好地理解哥儿这个人物性格的传统继承性，就不能不说明一下作品中哥儿反复引为自豪的"江户儿"这一传统概念。因为哥儿鲜明的性格特征，很大程度上在于作者将长期以来一直为群众所熟悉的"江户儿"的气质，加以发展、予以再创造的结果。

在明治以前的江户时期，江户儿气质的形成是武士阶级的精神习尚折射到平民阶层的一种意识反映。它具体体现在游侠精神上。所谓"男达"精神，所谓"男子汉的意气"（男气），指的都是这种平民的游侠精神。如传说中的幡随院长兵卫、唐犬权兵卫，原都是市井中半流氓无产阶级，他们标榜抑强扶弱，惯打抱不平，重然诺轻生死，尚侠仗义。于是一般平民便把他们作为理想化的人物，在他们身上寄托了民众反抗封建压迫的理想。到了江户后期，十返舍一九[①]脍炙人口的作品《东海道徒步旅行记》又塑造了另一种"江户儿"气质，作品中的两个主要人物弥次郎兵卫和喜多八，都

[①] 十返舍一九（1765—1831），日本江户时期滑稽小说的作者。

是一种低俗的、轻浮的、滑稽的、超越道德规范的喜剧式人物，他们以"江户儿"自负，所到之处，瞧不起地方的文化、风习、方言等等，引发了无穷的笑料。这种以"笑"本身为目的的创作意图，尽管卑俗，但作为对封建名教意识的一种反动，作品中的人物仍一直活在一般老百姓的心中。

作者正是巧妙地吸取了这一民族文学传统中有益的养分，去掉它的卑俗部分，把它纳入近代文学的严肃主题中来。如：哥儿刚正不阿的人生信条，不计个人利害得失的正义感，对弱者、受害者的同情，对伪善、奸猾邪恶行为的疾恶如仇，对自身错误的坦荡胸怀，所有这些，都构成了这个人物可贵的品质。但是作者并没有把哥儿这个人物加以神化，而是在赞扬的同时，也刻画了他的许多弱点。在本书一开始，作者就向读者展现了这个人物少年时期性格上的鲁莽、浮躁的一面，在以后的情节发展中，就更加暴露出他的轻信、盲动、急于判断、容易上当受骗等种种复杂性格。特别是他继承了"江户儿"浮薄气质的一面，对地方的风习、语言具有轻蔑的心理，表现出一种来自大都市东京的盲目的优越感。所有哥儿身上的这些弱点和他本质上的许多优点，形成了主人公复杂多歧的立体性格。当然,哥儿性格上的许多弱点,又是和这个人物的单纯、憨直、爽朗的个性,以及不谙世事的生活经历联系在一起的。因此,它使读者把同情集中在他充满正义感的可贵品质方面,而对他的所谓"江户儿"的另一面——轻浮鲁莽的弱点,则作为一种稚气与憨态来加以宽容。作者这样刻画哥儿,不但没有破坏这个人物形象的完整性,反而增添了读者对这个人物的亲切感。

一部作品能否为读者所喜爱不衰,除了它的思想高度之外,在某种程度上,和它是否采取民众所喜闻乐见的民族文学形式有重要的关系。作者在写作《哥儿》的当时,正是西方自然主义思潮支配整个日本文坛的时期。从当时的情况来说,许多自然主义作家锐意仿效西方近代文学的写作方法,很少有人想到发扬文学的民族传统问题。作者当时置身于文坛圈外,以他丰富的学识和对江户时期平民文学的素养,敢于逆潮流而动,写出了《哥儿》这样独具个性的作品,这正说明了作家的难能可贵之处。日本的作家兼评论家伊藤整在评论这部作品时,特别着重指出了这部作品在刻画人物性格上的特点。他写道,"这是一部将日本式的性格,使用日本式的手法描绘出来的作品",它"描绘了典型的日本人"。他又说:"主人公的乐天性,他的同情心,他的天真无邪,还有其他人物的日本式的肮脏、气量狭小、卑劣、软弱、充英雄好汉,所有这些都的的确确是日本人的真实性格。"伊藤整的这番话,抛开对这个人物形象的整体意义不谈,至少在这个人物性格的塑造问题上,道出了为什么这部作品能够赢得日本读者喜爱的秘密所在。

五

《哥儿》的艺术成就有许多值得特别重视之点。这部作品严谨的结构,在日本近代小说中是属于少见之列的。它紧紧围绕着事件的展开,从交代哥儿幼年性格的形成过程,到开始去地方中学教书,到矛盾和冲突逐步形成并深化,以及最终的喜剧性的收尾。整个情节可谓安排得首尾呼应,致密而工整,几乎无一闲笔。这和日本近代"私小说"的无情节性和自然主义文学的无冲突性相比,显得十分突出。

《哥儿》受到人们喜爱的另外一点就在于它充满了幽默风趣的语言,夸张地描绘出人物的性格。作者使用的语言,绝不是为幽默而幽默,作品给读者以幽默感,是和主人公的"江户儿"性格的弱点密切相关的。如作品的开端，通过主人公自叙的口吻，活灵活现地描绘了主人公幼年时期的许多鲁莽、冒失、憨态可掬的行为，使读者觉得十分滑稽可笑。但在这些可笑行为的背后，却又分明可以看出这个少年的许多可贵的品质。这一点，作者经常使用的是对比与衬托的手法，如用哥儿的哥哥阴柔的性格来与哥儿爽直的性格相对照，用女用人清婆对哥儿的无私的爱，来衬托哥儿坦荡、洁白无垢的生活态度。又如哥儿初到学校，校长对他大讲教育精神，提出什么必须"被仰为全校的师表""广施个人的德化"，而凡事认真的哥儿听了之后，认为自己根本做不到，决心将委任状奉还给校长。这种正反两面的对比手法、对人物夸张的描写，当然不只限于校长。在刻画所有人物的性癖和言行上，在叙述许多事件与重要场面时，都尽量使之体现出这一特点。又如在作为"哥儿"对立面的人物"红衬衫"身上，作者就把他那巧言令色的性格特点以夸张的语言进行了揭露。又如在"蹩脚帮闲"身上，作者就把江户时期"滑稽文学"中经常出现的帮闲人物的许多习癖与语言特征赋予这个人物，使他成为一个名副其实的可笑而又可鄙的市侩。

作者夸张的语言，甚至也不放过作品中作为事件发展必不可少的点缀人物，如哥儿的第一个房东、绰号为"假银"的市侩式的人物，以及第二个房东，一个穷士族出身的、既善良而又庸俗的老太婆。作者通过这些人物的口吻与习癖，将他们的性格刻画得妙趣横生。

作者在驾驭语言方面，表现出作家"写生"的功力。他是在他的朋友正冈子规、高滨虚子一派所提倡的"写生文运动"和"俳句革新运动"的触发下进入创作生活的，因此，他的早期作品，包括《哥儿》在内，不但受到以滑稽、飘逸而取胜的传统俳谐精神的影响，而且十分注意如何去刻画一些细节。如作品开头写哥儿与清婆在车站分手的场面，以及描写高知地方舞蹈"抡刀舞"的场面，都显示了作者在刻画细节时驾驭语言的卓越能力。

六

《哥儿》是一部立足于民族文学的幽默传统、邪正是非表现得十分鲜明的作品，它赢得广大读者的喜爱，是绝非偶然的。主人公那丝毫不受污浊世界玷污的洁白心灵，那明朗的乐天精神，投合了广大读者的癖好。但仔细分析起来，主人公哥儿并不是完全值得欣羡的人物。

诚然，在主人公身上我们随处可以发现他的可贵品质，但哥儿那种来自"江户儿"气质的侠义肝胆，他那最后与"豪猪"共同采取的、对邪恶势力饱以老拳的行动，不过是快意一时，只图发泄个人郁愤的行为，痛快诚属痛快，但一走了之，又于事何补？而受到哥儿与"豪猪"痛打一顿的"红衬衫"与"蹩脚帮闲"之流，不难想象他们事后仍然是黑暗现实的主宰者，仍然要为拔去"豪猪"和哥儿这类眼中钉而额手称庆。也就是说，哥儿这样的正义人物，既不是现实的能动变革者，甚至也不是现实的批判者，充其量不过是个洁身自好者而已。特别是哥儿被邪恶的现实排挤出去的时候，由于个人的郁愤得到了发泄这一喜剧性的收尾，丝毫也未见到主人公为现实而思索，为现实而继续战斗的影子，这也就难怪主人公在回到东京后，安于一个平凡人的生活，时时用回忆清婆那种无私的、纯朴的爱——这种爱毕竟是立足于旧时代的思想意识之上的——来温暖自己的心了。

从这种意义上来说，《哥儿》这部喜剧性的作品，尽管通篇充满了哥儿乐天的、爽朗豪放的"笑声"，但从他的整体行为来看，从他的登场到他的离去来看，对于现实的矛盾，他不过是"无解决"①的解决，因此自不免成为一个落入喜剧中的悲剧人物。

刘振瀛
一九八六年十二月

---

① "无解决"，是与夏目同时代的自然主义作家们提出的一个创作口号。

哥儿

一

俺爹传给俺的蛮干脾气，使俺从小就没少吃亏。上小学的时候，有一次俺从学校的二楼上跳下来，挫伤了腰，足足躺了一个星期。也许有人会问："为啥干那种傻事儿？"其实，也没啥了不起的理由。当时俺从新盖的二楼向外探头，一个同班同学便逗弄俺说："不管你怎样吹牛，总不敢从那儿跳下来吧，你这个窝囊废！"当学校的工友将俺背回家来，俺爹瞪大了眼睛说："天下哪有这样不争气的东西，大不了从二楼跳下来就挫伤了腰的？"俺回答说："下次，俺再跳一回给你看，保证伤不了腰！"

一位亲戚，送给俺一把西洋造的小刀，俺在日光下晃动它那闪闪发光的刀锋，显示给同学们看。有个同学说："亮是亮，可未必削得动东西呀。"俺马上保证说："怎么能削不动东西？管它什么，削一下给你看！"同学提出："那好，削一下你的手指头看！""这有什么，手指头也不过如此！"说着，俺就朝右手大拇指的指甲斜着削了进去。幸亏小刀很小，加上大拇指的骨头又硬，所以，大拇指至今还留在俺的手上，可是伤疤却到死也去不掉啦。

从俺家的院子往东走满二十步，有一块南端稍稍隆起的小小菜园，菜园的正当中，栽着一棵栗子树，这是比俺的命还要紧的树啊。当栗子熟了的时节，俺总是大清早一爬起来就出后门，捡来落在地上的栗子，带到学校去吃。菜园的西边紧挨着一家名叫"山城屋"的当铺的院子，这家当铺有一个儿子，十三四岁，名叫勘太郎。勘太郎不用说是个窝囊废。别看他窝囊，却经常跳过方眼篱笆来偷栗子。有一天傍晚，俺躲在折叠门的背后，终于把勘太郎给抓住了。当时，勘太郎走投无路，便拼命地朝我扑来。对方比俺大两岁，虽是窝囊废，力气却很大，把他那大脑袋朝着俺的胸脯狠狠地顶来，顶着顶着，脑袋滑了一下，钻进俺的夹衫袖子里来了，绊住了俺的胳膊，用不上劲。俺拼命甩动胳膊，钻进俺袖子里的勘太郎的脑袋，也就跟着左右翻滚。最后，他受不了了，在袖子里朝俺的胳膊狠狠咬了一口。哟，这个疼呀！俺把勘太郎推到篱笆上，使了一个脚绊子，把他向前撂倒了。山城屋的地面比菜园低六尺左右，勘太郎把方眼篱笆压坏了一半，朝着他家的院子一个倒栽葱跌了下去，哼哧了一声。勘太郎在跌下去的时候，扯断了俺夹衫的一只袖子，俺的胳膊这才听使唤了。当天晚上，俺娘去山城屋赔礼，顺便把夹衫上的那只袖子也捎回来了。

另外，俺还干了一大堆淘气的事儿。有一次，俺领着木匠家的徒弟"兼公"和鱼铺子的"角公"，将茂作大叔家的胡萝卜地给踩坏了。在胡萝卜秧出得不齐的地方，盖有一大片稻草，俺们三个人就在这上边摔了大半天的跤，胡萝卜地整个被踩得稀巴烂啦。还有一次，俺将古川家地里的水井管给堵上了，让人家吵到俺家里来。原来这是把大毛竹的竹节挖通，深深埋进地下，让水从竹管里涌出来的一种装置，它是用来灌溉那一片稻田的。当时，俺不晓得这是什么玩意儿，将石块和树棍狠命地塞了进去，一直塞到出不来水了，才回家来。刚吃上饭，古川就气得满脸通红，嚷嚷着进来了。记得好像是赔了钱，才算了事。

俺爹一点也不喜欢俺，俺娘只知偏向俺哥。俺哥长得白白的，喜欢模仿演戏，扮成花旦。俺爹一看见俺，总是说："你这东西反正不会有出息。"俺娘也说："你总是闯乱子，将来怎能叫人放心得下？"俺爹算是说着啦，俺是没出息，就像现在您看到的这个熊样嘛。俺娘说的"将来叫人放心不下",也的确是如此。俺这个人,只差没有去坐牢,勉勉强强活下来就是啦。

俺娘有病,在她死前的两三天,俺在厨房里翻筋斗,肋骨撞在炉灶上,疼得不得了。俺娘火冒三丈地说:"俺再也不想看见你这样的东西!"俺只好跑到亲戚家去住。就在这时,捎来了信儿,说俺娘终于一病不起啦。俺没想到娘这样快就会死去。假如知道俺娘的病是那样重,早知道俺稍微老实一点就好了。俺这样想着,回到了家。一到家,俺那个和俺合不来的哥哥就说俺不孝,为了俺的缘故,娘才早死的。俺气不过,给了哥哥一记耳光,挨了俺爹一顿臭骂。

俺娘死了以后,俺就和俺爹、俺哥三个人一起过活。俺爹是个游手好闲的人,只要一看见俺,总是口头禅似的说:"你这个东西,不成器!不成器!"究竟哪点不成器,至今俺也弄不明白。天下真有这样古怪的老爷子!俺哥他说要当什么实业家,拼命学英语。他的性情本来就像个女人,很狡猾,俺和他处不来,每隔十天半月,总要吵上一架。有一次,俺和他下将棋,他总是卑鄙地预先埋伏好棋子,好把你

"将"死，看见人家憋住了，他就得意地嘲弄俺。俺气极啦，将手中的"飞车"朝他眉心摔去，把他眉心划破了，流了点血。俺哥向俺爹告了状，俺爹说要把俺赶出家门，断绝父子关系。

当时俺满心以为，这有什么法子，就按俺爹说的，赶就赶出去吧，俺算认啦。多亏在俺家待了十年的、一个叫清婆的女用人哭着替俺向俺爹赔不是，才使俺爹的火气消了。别看俺爹这样凶，可俺并不怎样怕他，相反，对这个女用人清婆，俺倒觉得很过意不去。听说这个女用人原本出身于一个相当不错的门庭，在"世变"①时没落了，只得出来帮工。所以，她已是个老太婆了。就是这个老太婆不知和俺是个什么缘分，非常喜欢俺，真是古怪得很！就连俺娘，在临死前三天，也对俺绝望了——俺爹也整年拿俺没办法，左右街坊都不搭理俺，将俺看作是胡打乱闹的坏孩子。而她却不管三七二十一，一味爱护俺。俺早就不存任何希望，认为像俺这样的脾气，不会招人喜欢的，因此对于别人不把俺当

---

① 世变：指明治维新。维新后，普通武士被取消了原来的身份，失去了生活来源。

人，也就根本不放在心上，反而对这个清婆如此这般的、像捧凤凰似的待俺，倒觉得很奇怪。清婆时常趁别人不在厨房里的时候，夸奖俺说："哥儿您正直，天性善良。"但是对俺来说，却不明白清婆这样说，是什么意思。俺想：如果俺真的天性善良，那么除了清婆，其他人也该多少待俺好点儿吧。清婆每次对俺说这话，俺总要回答说："俺不喜欢人家的恭维。"这老太婆也总要接茬儿说："这正说明您的天性善良呀。"随后美滋滋地望着俺的脸。看起来就好像是在夸耀是她用自己的力量，一手把俺造就出来似的，使俺不免有点发毛。

俺娘死后，清婆就更加疼俺了。俺幼小的心灵时常感到奇怪，为什么她那样地爱俺。俺想：真没意思，别这样好不好。有时又觉得怪对不住她的。尽管这样，清婆还是疼俺，时常用她自己的零用钱买金环饼和红梅饼给俺吃。遇上寒冷的夜晚，她悄悄地事先买来荞麦面，也不知什么时候，在俺睡下的枕旁，给俺端来了一碗荞麦汤。有时候甚至给俺买来一份锅烧大虾面。她不光给俺买吃的，有时还给俺买袜子，买铅笔，买笔记本。这是很久以后的事啦：有一次，她甚至还借给俺三块钱。这当然不是俺要求的，而是对方将钱拿到俺的房间来说："您一定没有零花钱了吧，多憋得慌呀，您就用吧。"俺自然要说："俺用不着。"但她一定要俺用，结果俺就借下了。俺心里可真高兴呀！把这三块钱放进蛙口小钱包，揣在怀里，随后就上茅厕去了。不想扑通一声，小钱包掉进了茅坑。无奈，俺只好磨磨蹭蹭地回到清婆面前，如此这般地向清婆讲了，于是清婆马上找来了一根竹竿说："我给您捞上来。"过了一会儿，井台旁传来了哗啦哗啦的声音，俺出去一看，清婆正用竹竿尖挑着钱包上的细绳儿，在用清水冲洗呢。然后她打开钱夹子的口，查看那三张一日元纸币，一看不打紧，都变成了褐色，票面上印的花纹也模糊不清了。清婆把纸币放在火盆上烘干，拿给俺说："这就行了。"俺闻了闻说："真臭呀！"她说："那么这给我吧，我给您换去。"也不知她在哪里、用什么办法弄来的，这次拿来的不是票子，而是三块银币。这三块钱俺是怎样花掉的，已经全忘了。只记得俺向清婆说过"俺马上会还你的"，却再也没有还她。到了今天，即使俺想十倍奉还，又上哪儿去还呢。

清婆送给俺东西,总要找俺爹和俺哥不在的时候。俺这个人,如果要问最讨厌什么,那再也没有比瞒着别人、自己独占便宜这件事更让俺讨厌的了。俺和俺哥固然合不来,可也绝不愿意背着俺哥接受清婆给俺的点心和彩色铅笔之类的东西。俺曾经问过清婆:"为什么你只送给俺一个人,不送给俺哥呢?"清婆却满不在乎地说:"这一点也没关系,您哥哥有您父亲给买呀。"她这种说法是不公正的。俺爹虽然秉性顽固,却不是那种偏心眼的人。但在清婆的眼里,似乎他就是这样的人,真是溺爱不明!这老太婆虽然出身好,但毕竟是个没有受过教育的人,拿她又有啥办法呢。还不只是这样,所谓用偏心眼看人,那可是不得了的。清婆早就认定俺将来一定会大富大贵,成为一个大人物;相反,对于用功读书的俺哥,她却独独认为他只不过是长得白嫩嫩的,绝不会有什么出息。遇上这样的老太婆,真拿她没办法。她深信不疑:自己喜欢的人,一定会成为大人物,自己讨厌的人,一定要落魄一辈子。那时,俺根本就没抱有将来成为什么人的想法,但是清婆总是说:"你会成为……你会成为……"一来二去,俺也就认为将来自己会成为一个什么了不起的人了。现在想起来，简直可笑得很。比如说，有一回俺也曾经问过清婆："俺会成为什么样的人物哪？"想不到清婆好像也没有明确的想法。她只是说："您肯定会坐上私家黄包车，盖上一座带有漂亮门楼的房子。"

（日本丰田博物馆藏黄包车）

除此之外，清婆的希望是：将来俺成家立业了，就和俺住在一起。她几次三番恳求说："到了那时，请您一定还收留我。"俺也觉得仿佛俺真能成家立业了，于是便答上一句："嗯，俺会收留你的。"想不到这个女人还是个很富于想象力的女人哩，她一个人在那里替我大造其计划："您喜欢住在哪儿呀？住麴町①还是住麻布②？您得在院子里竖个秋千架，您的宅子里只要有一间西洋式房间就蛮够了……"如此等等。当时，俺并不想要什么房子。洋楼、日本式房子，对俺都毫无用场，所以俺总是回答清婆说："俺不想要那种玩意儿。"你猜怎么着？清婆又夸俺说："您欲望很少，心地洁白嘛。"清婆，不管俺说什么，她总要夸我一番。

俺娘死后的五六年间，俺就在这样的状态下生活过来了。受俺爹的呵斥，和俺哥吵架，接受清婆给俺的糖果，经常受她的夸奖。俺也没有什么别的欲望，认为这也就蛮不错了。俺以为大概其他的孩子们也都是这样。只不过一有什么事儿，清婆总是一味地说："您真可怜，太不幸啦。"既然她这样说，于是俺也就认为自己的确是可怜，的确是不幸的了。此外就再也没有什么可以使俺感到烦恼的事了。只是俺爹一点也不给俺零用钱，不免使俺一筹莫展。

俺娘死后第六个年头的正月，俺爹中风死去了。当年的

---

①② 均为东京市中心的地名，是一般高级宅邸所在的地区。

四月，俺就要从一家私立中学毕业。到了六月，俺哥也从商业学校毕业了。俺哥设法在一家公司的九州分公司找到了个位置，必须上那儿去。俺还得在东京继续念书。俺哥说，他要把房子卖掉，拾掇好家产，到任职地去。俺回答说："悉听尊便吧。"反正俺也不想受哥哥的照顾。即便他肯管俺，也还会吵架，到了那时，他肯定还会说出些什么来的。一旦贸然接受了俺哥的保护，就不免要向俺哥这样的人低声下气。俺做了决定：就是做一个送牛奶的，也能吃饱肚子。俺哥叫来了旧货铺的人，把祖祖辈辈遗留下来的破烂家具，一文不值半文地卖掉了。至于老宅子，经人介绍，让给了一家财主。俺哥好像是得了一大笔钱，详细情况，俺一无所知。俺从一个月以前就已经临时搬到神田小川町的一间公寓里先住下了，等今后方向决定下来再说。清婆对于居住了十几年的房子转手给人，感到十分惋惜，但又不是她的产业，也就说不得了。她三番五次地对着俺唠叨："要是您年龄稍微再大些，这所房子您就能继承下来啦。"假如年龄再大些就可继承的话，那么现在也理应可以继承。清婆什么也不晓得，以为俺只要年龄再大些，就可以得到俺哥的这所房子。①

俺哥和俺就这样分开了。不好办的是今后怎样安顿清婆。俺哥自然还够不上将她带走的身份，清婆也丝毫没有跟在俺哥屁股后头远下九州的念头。可话又说回来，俺这时只不过是蹲在四叠半②的廉价公寓里，就是这样，也是叫你搬就得搬哩，真是毫无办法。俺问了问清婆："你是不是有心去谁家帮工呀？"她想了想才下了决心，回答俺说："在您有了家室、娶了太太之前，万般无奈，我就到我侄儿那里去受他照顾吧。"她的这个侄儿是法院里的一个录事，目前的日子总算还过得比较顺当。过去，他也曾经两三次向清婆提出过："愿来就来吧。"清婆却说："我虽然是做女用人伺候人，但还是多年住惯了的地方好。"没有答应他。但是按现在的情形，她可能认为：与其换个不熟的东家再去帮工，去操无谓的心，还不如去受侄儿照顾为好。即使这样，清婆还

---

① 日本战前的民法规定：户主死亡，财产全部由长子继承，次子及以下无权继承。
② 四叠半约相当于九平方米。叠即张，计算榻榻米数量，同时表示房间大小。

老是向我说，早点有个家啦，早点娶个妻子啦，她好来照顾啦……如此等等。大概是因为比起血亲侄儿来，她更喜欢俺这个外人的缘故吧。

俺哥在去九州前两天，来到俺住的公寓来，拿出一笔钱——六百块钱，对俺说："这笔钱，你作为资本做买卖也好，作为学费念书也好，你愿怎么用就怎么用。不过，以后我可就不再管你啦。"作为俺哥，这一手是蛮够意思的。俺心里虽然也想，不就这六百块钱吗，你不给，俺也活得了。但是，他的这种不同寻常的爽快做法，很对俺的劲儿，俺便道了谢，收下了。接着俺哥又拿出五十块钱，说："这个请你顺便交给清婆。"这，俺没有不同意见，答应了下来。过了两天，在新桥火车站分手后，便再也没有见到过俺哥。

有关如何使用这六百块钱的问题，俺躺在榻榻米上思索起来：做买卖吧，又麻烦又干不好。尤其是这六百块钱的数目，也不见得能够做成个像样的买卖。即便俺干得了，照现在这个样子，只念到中学，走在人前也难挺起腰杆子来，说是受过教育的。也就是说，是要吃亏的。做什么资本！还是算了吧。拿这笔钱做学费念书吧。六百块钱用三除，一年用上二百块钱，可以念上三年。三年期间拼命用功，也许能搞出点什么名堂。随后，俺就考虑进什么学校好。俺生来就没有喜欢过哪一种学问。尤其是外语啦、文学啦，这些都让它见鬼去吧。至于说到"新体诗"①，二十行中，俺难得读懂一行。俺想：反正都讨厌，念什么都一样。幸好俺从物理学校②门前走过的时候，正好看到贴了一张招生广告。俺想什么都是缘分，于是便索取一份简章，马上办妥了入学手续。现在想来，这也是俺爹传给俺的蛮干脾气所造成的失算啊。

三年间，总算和一般人一样念了下来。俺原本天资就不算好，所以名次总是从后边倒着数更方便些。可是，天下竟有这样的怪事，过了三年，俺居然也毕业了。自己也感到奇怪，不过，这是不便表示不满的，所以便老老实实地给它毕业了。

---

① 新体诗：日本近代化后从西方引进的新诗体裁，当时认为是一种时髦的东西。
② 物理学校：全称为"东京物理学校"，创办于1881年，最初称"东京物理学讲习所"，1988年改称"东京理科大学"至今。

毕业后的第八天，校长派人来把俺叫去。俺心想：有什么事儿呢？去了一看，原来是征求我的意见：在四国①那边的某所中学，需要一名数学教师，月薪四十元，问俺愿不愿去。俺读了三年的书，说老实话，从来没有想过当教师，更没有想过要到地方上去。当然，说是没想过当教员，可也没有干其他行当的指望，所以校长一向俺征求意见，俺当场就回答说："那就去吧。"这也是俺爹传给俺的蛮干脾气作的祟啊。

既然答应下来了，当然就得上任。这三年之间，俺蜷缩在四叠半的小房间里，一次也没有人呵斥过俺，也用不着和谁吵架。这是俺一生中比较悠闲的一段时期。但是，这样一来，就不得不离开俺这四叠半了。自有生以来，俺拔脚迈到东京以外的地方去，只有那次和同班同学到镰仓②去旅行。这回可不同于镰仓了，必须到很远很远的地方去。打开地图一看，那地方是在海边上，只有针尖那么大小的一个小圆

---

① 四国：日本由本州、九州、四国、北海道四部分组成，其中四国面积最小，夹濑户内海与本州相望，四国岛战前较本州开发得晚。
② 镰仓：东京邻县神奈川县的一个城市。

点。反正不会是个什么像样的地方,也不知道那是什么样的城镇,住着什么样的人。不知道也没关系,不值得担心。反正去就是啦。当然,出远门多少有点儿麻烦。

家散了以后,俺仍旧时常去探望清婆。清婆的侄儿这个人,是个想象不到的好人。每次去,只要他在,他总是变着法儿款待俺。清婆当着俺的面,经常对她的侄儿替俺吹嘘。有时吹嘘说:不久从学校毕业了,就会到麴町那边去买所宅子,到衙门去上班的。清婆自吹自擂,自己一个人大讲特讲,弄得俺烧红了脸,怪不好意思的。而且,这种吹嘘还不止一次两次。使俺最难堪的是,她还经常把俺小时候尿床的事儿,也一股脑儿搬了出来。她的侄儿听着清婆的吹嘘,心中会怎样想呢,俺无法知道。只不过,清婆是个旧式女人,她把她自己和俺的关系,似乎看成是封建时期的主仆关系。她好像是认为,俺既是她本人的主人,那么对于侄儿来说,当然也是主人喽。她的这个侄儿才活倒霉哩。

就职的一切手续终于都办理停当了,决定起程的前三天,俺去看望清婆,她正患感冒,在她那间朝北的三叠间里躺着。她看见俺来了,一坐起来就立刻问俺:"哥儿,您什么时候成立家庭呀?"她大概认为:只要俺毕了业,钱自然就会从衣袋里大量流出来。对俺这么个有本事的人,还以哥儿相称,真是越发的糊涂了。俺只简单地告诉她:"一时还成立不了家庭,先要到地方上去。"她显得非常失望,不断摸着她那花白的鬓间乱发。俺看她过于可怜,就安慰她说:"去是去,不过很快就要回来的。明年暑假一定会回来。"俺虽然这样说了,看她的样子还是很难受,于是俺问她说:"给你买点什么土产带回来吧。你要什么?"她回答说:"想吃越后①的竹叶软糖。"越后的竹叶软糖?俺听都没有听说过。不用说别的,先说这方向就不对头。于是我告诉她说:"俺去的外地好像不出产竹叶软糖哩。"于是她反问俺:"那样的话,您去的外地,是哪边儿?"俺说:"是西边儿呀。"于是她又问:"是箱根②的那边儿,还是箱根的这边儿?"真拿她没办法。

---

① 越后:日本古代的行政区域之一,今属新潟县。越后在东京的北方,哥儿去的四国是在东京的大西南。这里是形容清婆的无知。
② 箱根:箱根在东京稍西,古代是进入东京地方的关口。

出发的那天，清婆一早就来了，替俺张罗这个张罗那个。清婆在来的路上，从小杂货铺买来了牙粉、牙刷和手巾，装进一个帆布包里，送给了俺。尽管俺说"用不着这种东西"，可她说什么也不答应。俺和她坐了两辆人力车到火车站去，走到月台上的时候，她死盯着进了车厢的俺的面孔，低声说："说不定和您永别啦，多保重啊！"她的眼里饱含着泪水。俺没有哭，但也只差一点就要哭出来了。火车开动后，又过了一会儿，俺想这时她该转身去了吧，便探出身子，扭过头去一看，她仍然站在那里。看过去，已经变得很小很小了。

二

轮船发出"呜——"的一声，停住了。小划子离开岸边，划过来了。船老大全身赤裸着，胯间系着红兜布。真是个野蛮的地方！当然喽，这样的暑热，也实在穿不了衣裳。阳光很强，水面亮得很。你就是目不转睛地瞧上一会儿，也会弄得头昏眼花。问了问轮船上的事务员，据他说俺得在这儿下船。看上去，不过是像大森①那样的一个渔村。俺心想：这简直是糟蹋人嘛。在这么个鬼地方，谁能待得下去呀。不过，后悔也来不及啦。俺抖擞精神，第一个跳进小划子里。大概有五六个人也跟着跳了下来，另外又装了四只大箱子，那个"红胯兜"便将船划回到岸边。靠岸后，还是俺打头阵，跳上岸来。然后，俺立刻抓住一个站在岸边的、鼻涕长淌的小家伙，问道："中学在哪儿？"那个小家伙昏头昏脑，回答道："不晓得哟。"真是个不开通的乡巴佬！才不过是个巴掌大的镇甸，哪有连中学在哪儿都不知道的哩！就在这时，一个穿着古怪的筒袖的家伙，凑到俺身旁来说道："这边来！"俺跟去一看，原来是把俺带到一个叫港屋的旅馆来了。一群讨厌的女人齐声说"请进"，俺可就不愿意进去了。俺站在门口说："请问中学在哪儿？"回答说："中学嘛，从这儿还得乘二日里②的火车。"俺听了更不愿意进去了。俺从穿筒袖的家伙那里，把俺的两个皮包一把夺了过来，慢条斯理地走开了。旅馆的人们，脸上都做出了怪相。

---

① 大森：战前东京郊区的一个地名，靠近东京湾。
② 日里：日本长度单位，一日里约合 3.92 公里。

火车站马上就打听到了，车票也简简单单买到了手。坐上火车一看，车厢简陋得跟火柴盒差不多！呼隆——呼隆——刚开了五分钟，就该下车了。俺心想：怪不得车票便宜哩，只需三分钱。俺雇了辆人力车，来到中学，已经下课了，谁也不在。工友告诉俺，值宿的教员临时外出办事去了。天下真有这样不操心的值宿哩！俺心想：要不要去拜访一下校长？可俺太累了，便又坐了车，吩咐车夫把俺送到旅馆去。车夫飞快地跑了一会儿，将车子横摆在一家叫做山城屋的旅馆门前。山城屋这个字号，和勘太郎家当铺的字号相同，真有意思。

旅馆里的人好像是把俺领到了楼梯下面的一间黝暗的房间，这间房热得无法待人。俺说："这样的房间，俺不住！"回答说："不巧得很，别的房间都住满了。"说着把俺的皮包撂下就出去了。俺不得已，只好进了房间，忍耐着，不断地擦着汗。过了一会儿，来请洗澡，俺去了扑通跳进浴槽里，三洗两洗，马上就上来了。在回房的路上，俺瞧了瞧，许多凉爽的房间都空着呢。真是些势利眼的东西！向俺扯谎呀！后来，女侍者送客饭来了。房间虽然热，可伙食比起我以前

(复原的"哥儿列车")

住的公寓好吃多了。女侍者一边服侍俺吃饭，一边问："客人是从哪儿来的呀？"俺答道："从东京来的。"于是那个女侍者说："东京是个好地方吧。"俺回答她说："那还用说吗。"女侍者将餐具撤了下去，估摸她回到厨房的时候，从厨房里传来了高高的哄笑声。这种事儿不值得一理，俺马上躺下了，可轻易睡不着。不只房间热，而且吵得很，比俺住的公寓的吵闹程度还要大上五倍。俺迷迷糊糊地做了一个清婆的梦，梦见清婆大口大口地吃着越后的竹叶软糖，连竹叶都一齐吃下去。俺说:"竹叶皮有毒,最好别吃。"清婆回答说:"不,这竹叶皮是药呢。"吃得特别香甜。俺不知怎样说才好,刚一张口"哈、哈、哈"地大笑了几声,就醒过来了。女侍者嘎啦嘎啦地正在打开防雨板。今天又是个天空的底被钻透了似的天气。

(夏目漱石在松山投宿的第一家旅馆城户屋的那个房间。这家旅馆即此处的"山城屋")

俺曾经听说过:出门在外的时候,必须付小费,不给小费,就会慢待你。把俺塞到这么个狭小昏暗的房间里,大概也是因为没付小费的缘故吧。也可能是由于俺穿得寒碜,提着帆布包和混纺阳伞的缘故吧。乡巴佬，把人给看扁啦！让俺付上它一大笔小费，吓唬他们一下。别看俺从东京来，怀里还揣着学费剩下的三十块钱哪。除去火车票、轮船票，再加上沿途零花掉的，还剩下十四块钱哩。就是都付了小费，今后能领薪水了，也没啥关系。乡巴佬都是小气鬼，只要给他们五块钱，肯定把他们吓得连嘴都合不拢的。俺若无其事地洗完脸，回到房间里来等着他们，心想："你们等着瞧吧。"这时，昨天傍晚服侍俺的女侍者又送客饭来了。她手里端着个漆盘，一边服侍着俺吃饭，一边一味地嘻嘻笑着。真是个不成体统的东西！又不是从俺脸上抬过花轿去，看俺的脸，有什么可乐的？别看俺脸长得不济，总比这个女侍者的脸蛋要强得多吧。俺本想等吃完了饭再把小费拿出来，可她这样惹翻了俺，吃着吃着，俺就拿出一张五块钱来说："回头把这个拿到账房去！"女侍者脸上显出了怪里怪气的样子。俺吃完了饭便立刻动身到学校去了。俺的皮鞋嘛，旅馆连擦都没给擦①。

---

① 这是说旅馆慢待哥儿，按当时一般惯例，旅客脱在前厅的皮鞋，要由旅馆给上油擦亮。

学校，俺昨天坐黄包车去过的，大体的方向已经了解。拐了两三个十字路口，就走到了校门前。从大门到屋门，满铺着御影石①。记得昨天俺坐的黄包车，从这条石路嘎啦嘎啦地拉过去的时候，发出很大的声响，令人很不舒服。一路上遇见了好多穿小仓制服②的中学生，都是进入这个校门的。这些人里边，有的家伙比俺长得还高大、壮实。俺一想到将来要教这样的家伙，心里不免有些发憷。俺拿出名片，被领到了校长室。校长是个胡须稀疏、肤黑眼大、像个狗獾③似的人物，而且装腔作势，摆出一本正经的架势。他说："好啦，希望你多卖力气，好好干！"然后就将一张盖有大印的委任状，郑重其事地交给了俺。这张委任状，在俺回东京的时候，让俺搓成团抛到大海里去了。校长对我交代说："马上我就将你介绍给教员们，你得将这个委任状给每

---

① 御影石：日本兵库县御影地所产石材之名，后为花岗岩、花岗闪绿岩的统称。
② 小仓制服：北九州小仓地方盛产一种厚棉布，当时地方上的中学生以这种棉布缝制的和式服装作为制服。
③ 狗獾：原文作"狸"，在日本民间俗信这种动物会变化。一般用它来比喻狡猾的人或擅于欺骗的人。

一个人看看。"真是多此一举！与其干那种麻烦事儿，还不如把这张委任状在教员室里贴上三天，岂不更省事？

（当时的松山中学与教员夏目金之助）

因为必须等第一节课下课的喇叭响了，教员们才能在休息室聚齐，所以还有许多时间。校长掏出怀表看了看说："本想将来再从从容容地向你讲，不过，先请你初步了解个大概吧。"然后他就长篇大论地向俺讲起关于教育精神的事来了。俺自然是心不在焉地听着。听着听着，心想：这下可来到个要命的地方了。俺绝做不到校长所说的那一套。朝着像俺这样蛮干的人，说什么要做学生的模范啦，什么必须被仰为全校的师表啦，什么除了学术之外，如果不能广施个人的德化，那就不能成为教育家啦，如此等等，接二连三地向俺提出了许多额外的要求。如果真有这种伟大的人物，会为四十块钱的月薪大老远跑到这样的穷乡僻壤来吗？俺想：人总是相差无几的，一旦不顺心，不管谁，总要吵个架什么的。按他这个说法，话都不能轻易说，连散步都不行喽。如果这个职务要求如此之高，那么在雇俺为教员之前，最好先说明必须如此如此，那才对头呀。俺最讨厌的就是扯谎，既然这样，那又有什么办法，就把它当成被骗到这儿来的吧。俺想干干脆脆把这个工作辞了，回他娘的东京去！俺刚刚给了旅馆五块钱，所以钱袋里只剩下九块多了。九块钱是回不到东京去的，不给什么小费就好了，真可惜！但是，俺想，即便是九块钱，总还可以办点什么事儿，旅费不足，那也总比说假话好嘛。于是俺说："我① 毕竟做不到如您所说的那

————

① 哥儿平时自称"俺"，但在校长面前称"我"，以示对校长的尊重。

样，这张委任状，现在就奉还给您。"校长眨巴着他那狗獾一般的眼睛看了俺老半天，然后说道："现在说的，都是希望之词。我深知你做不到我所希望的，所以请不必担心。"说着，他笑了。既然深知如此，那么从一开始就别吓唬俺，岂不更好？

就这样，在校长和俺东扯西扯的当儿，喇叭响了。教室那一带，一下子人声嘈杂起来。校长说："大概休息室里教员也都到齐了吧。"于是俺跟在校长身后，到休息室去了。那是一间相当大的的窄长形屋子，四周摆着桌子，大伙儿都坐在那里。看见俺进来了，大伙儿不约而同地看着俺。俺又不是个卖艺的，盯着俺干啥呀？于是俺遵照校长的吩咐，走到每个人面前，把委任状递过去的同时寒暄几句。一般人都是站起来，对俺哈哈腰；而那些特别认真的人，则把俺递过去的委任状接下来，先拜读一番，然后毕恭毕敬地把它还给俺。简直和神社戏①的动作一模一样！当俺转到第十五位那个体操教员跟前的时候，同一个动作俺已经多次重复了，真

---

① 神社戏：日本神社逢祭日等在神社内演的戏剧。

叫人腻烦！对方搞一次就完事，可俺却要把同样的动作重复十五次。也应该稍微体谅体谅人家的心情嘛。

在寒暄的过程中，见到一位教务主任某某先生，据说是一位文学士。文学士嘛，当然是个大学毕业生，了不起的人物喽。他这个人说话细声细气活像个女人。尤其使俺吃惊的是，明明是这样的热天，他却穿着法兰绒的衬衫，不管是怎样的薄料子也罢，总之，肯定是要热的。果然不愧是文学士，所以才穿上这种煞费苦心想出来的服装，而且还是件红衬衫，这简直是有意愚弄人！后来，俺一打听，才知道这家伙整年都穿红衬衫，想不到天下真有这样的怪癖！据他本人

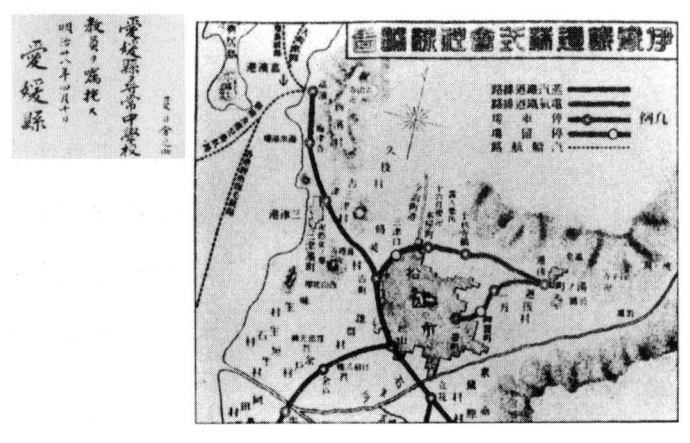

（夏目漱石的教员委任状与他赴任当时的爱媛县铁道线路图）

解释，红色对身体有好处，为了保养起见才特意定做的。真是庸人自扰！如果那样，那么顺便把长衫、裙裤都弄成红色的，岂不更好？还有，英语教员当中，有一个姓古贺的、面色十分苍白的家伙。一般面色苍白的人，都是消瘦的，可这个人，既面色苍白，同时又虚胖。过去，俺在小学上学的时候，有个叫浅井民的同班同学，这个浅井的爹也是这种面色。浅井的爹是个庄稼人，俺问过清婆："是不是庄稼人都是这种面色？"清婆告诉俺说："不是的，他是因为光吃老秧南瓜，所以才又苍白又虚胖的。"打那以后，凡是俺看见又苍白又虚胖的人，俺就想准是这家伙吃老秧南瓜的报应。这个英语教员肯定也是一味吃老秧南瓜的。不过话又说回来，所谓老秧是什么意思，就是到了今天，俺也弄不明白。俺曾经问过清婆，清婆只是笑了笑，没有回答。大概清婆也没弄明白吧。还有一个和俺同是教数学的、姓堀田的人。这人生得壮实、剃光头，那长相就和比叡山的恶僧[①]差不多。人家郑重其事地将委任状递给他看，可他连看都不看一眼，

[①] 日本古时京都比叡山的寺院养有僧兵，性暴烈，相貌狞恶，以"恶僧"知名。

只是说："喂，你是新来的呀，有空儿来我住的地方玩玩！哈哈哈哈……"什么哈哈哈哈，见你的鬼去吧！谁还会到不懂礼貌的家伙那里去玩呢。俺这时就给这个刺光头起了个绰号——豪猪。教汉文的先生，果然不愧是个知书达理的："嚄，昨天您刚到，一路上辛苦了。嚄，您这就开始上课啊，您真是十分积极……"他滔滔不绝地对着俺寒暄起来，真是一位怪逗哏的老爷子！教图画的教师，简直像个弹弦子卖唱的。只见他穿着一身薄薄的羽纱外褂，一边摆弄着手中的扇子，开开合合，一边问俺说："贵处是哪儿？啊，东京？那可太棒啦。咱有了同乡……咱这人也是'江户儿'①哩。"我心想：如果这种东西也称得上"江户儿"，那俺可就宁愿不生在东京了呀。此外，如果把每个教员的这类事都写下来，那还多得很，这种没完没了的事，俺就不再说下去了。

寒暄一圈下来，校长说："今天你可以回去了。关于上课的事，再和数学课主任协商一下，从后天起，开始上课吧。"俺问："数学课主任是哪位？"原来就是那位"豪猪"。

---

① 江户儿：指土生土长在江户（今东京）的人。

真让人讨厌！一想到俺得在这家伙手下工作，俺就大失所望。"豪猪"说道："喂，你住在哪儿？山城屋？唔，回头我马上去你那儿商量。"他一说完就拿起粉笔上课去了。他做着大主任，却不耻下顾要来和俺商量，足见是个头脑简单的家伙。不过和把俺叫到他那里去相比，还是值得钦佩的哩。

随后，俺走出校门。本想马上回旅馆去，不过回去了也无聊，于是就想在镇甸上散散步。不管三七二十一，信步转悠了一阵。看了县衙门，是前一个世纪的古老建筑。也看了兵营，比不上东京麻布联队的那个漂亮。也看了大街，街道的宽度比神乐坂①还窄一半，两旁店铺的规模也差得多。说什么这儿是二十五万石领主②的城下町，也不过如此罢了。住在这种地方，还自吹自擂是什么居住在侯爷城下的人，未免可怜得很——俺一边这样想，一边信步走去，不知不觉之间，走到山城屋门前来了。这个地方似大而实小。走这么一

---

① 神乐坂：东京一条旧式街道名，街道较窄，是中小商店集中的地方。
② 本书描写的是四国松山市，明治维新前是俸禄十五万石的封建领主久松氏（旧称松平氏）的居城。本书称"二十五万石"是夸张的说法。

圈，也就一览无余了。俺想，还是回去吃饭吧，便走进门来。坐在账房里的内掌柜，一看见是俺，便慌忙跑出来，跪在板间①深深磕头说："您回来啦……"俺脱掉鞋子一上去，一个女侍者就说："您要的房间，已经空出来了。"便把俺领到了楼上。那是一间十五叠的朝南大房间，带有一个很大的壁龛。俺有生以来还从没有住过这样漂亮的房间，今后能否住得上也很难说。俺脱掉了西装，换上旅馆备好的浴衣，在房间正中仰面一躺，伸开了胳膊和腿，成了一个"大"字形。啊，真是舒服透顶啦！

吃完了午饭，立刻给清婆写了封信。俺不会写文章，加上许多汉字写不上来，所以最讨厌写信，而且也无处可写。但是清婆准在挂念俺啊，如果不给她写信，她会认为俺是翻船淹死了，那就糟了。所以这回鼓足了劲，给她写了一封长信。信上的话，是这样的——

　　昨天到达。这地方真没意思。俺现在住在十五叠

---

① 板间：这里是指旅馆入口铺着木板的地方。

大的客房里。俺给了旅馆五块钱小费,内掌柜把脑袋紧贴到板间上向俺磕头。昨儿晚上睡不好觉,做了一个梦,梦见清婆把竹叶软糖连竹皮一起吃了。明年夏天俺一定回去。今天到学校去,给大伙儿都起了个外号:校长是"狗獾",教务主任是"红衬衫",英文教员是"老秧南瓜",教数学的是"豪猪",教图画的是"蹩脚帮闲"。不久俺还会给你写信的。再见

信写完了,心里很畅快,上来了睡意,又像刚才那样,伸胳膊伸腿,成个"大"字形躺下了。这次,什么梦也没有做,睡得香甜极了。猛听得一声"是这儿吗"的大声吆喝,俺醒了,原来是"豪猪"来了。"适才多有怠慢。你担任的课是……"人家刚一起来,他立刻就和俺商谈起工作来了,使俺毫无思想准备,多狼狈呀。俺向他问了担任什么课,看来并没什么特别困难,俺就答应下来了。如果只是这么点课,不要说后天了,即便让俺明天就去上课,也没啥了不起。任课的问题谈妥了,他又说:"你总不至于常住这种旅馆吧,我给你介绍个好住处,你搬过去。如果是别人,那

家房东可能不答应,不过由我去说,准行。搬得越快越好,你今天去看房,明天搬家,后天去学校上课,那就一切顺利啦。"他就这样擅自替俺全决定好了。是啊,俺不能老住在这种十五叠的房间里。就是把俺的薪水都付了房费,恐怕还不够哪。俺已经慷慨地付了五块钱的小费,马上搬走,虽然有些可惜,不过反正早晚得搬,早搬走早安定下来,更有好处,于是就把这件事拜托给"豪猪"了。随后,"豪猪"说:"总之,你先和我一起去看看房再说。"俺便和他一起去了。那座房子坐落在街尽头、一座小山的半截腰上,清静得很。房东是个买卖古董的、绰号叫"假银"的人。他的老婆是个老女人,比她的男人还大四岁。俺在中学时学过英文"巫婆"这个词儿,这个老女人正是和"巫婆"同一类人物。巫婆也罢,反正是别人的老婆,和俺无关。于是决定明天搬去。在回来的路上,"豪猪"在大街上请俺喝了一杯冰水。在学校初见他的时候,俺觉得他是个傲慢、粗鲁的家伙。可是从他对俺的种种照拂来看,似乎不是个坏人。只不过和俺一样,是个性格急躁、容易发火的人。后来听说,这家伙在学生中间还是最有威信的哩。

三

俺终于去上课了。第一次进入教室，登上高高的讲台，似乎很不得劲。一边讲课，一边心里就想：俺也能当上老师啦。学生吵闹得很，有时用大得出奇的声音喊老师，老师可真受不了。过去俺在物理学校，每天也一直习惯地喊老师老师，可是俺去喊老师和俺被别人喊作老师，大有天壤之别呀，就好像让你连脚板子都痒痒似的。俺不是个卑怯的人，也不是个胆小怕事的人，不过可惜的是缺乏应变的能力。一遇上大声喊俺老师，就感到仿佛肚子正饿的时候在丸之内听到了午炮声①。最初的一堂课似乎马马虎虎就讲过去了，学生也没有给俺提出什么特别的难题。回到教员休息室，"豪猪"问俺："怎么样？"俺只简单地回答了一声"唔"，"豪猪"似乎放心了。

第二节课，俺拿着粉笔从休息室出来的时候，不知怎么

---

① 在这个时代，每日正午在皇居内的旧本丸遗址由炮兵鸣放空炮报时，说明已到午餐时间。这里是玩笑的说法，意谓"仿佛听了午炮声，肚子就更饿了"。

的，好像有种如临大敌似的感觉。到教室一看，这个班都是比前一班大得多的家伙，俺是"江户儿"，生得小巧玲珑，个子也矬，便是登上高高的讲台，也缺少威压人的力量。如果打架，那俺可以在摔跤上露一手，但要让俺在这四十个大家伙面前，只靠俺这三寸不烂之舌，就使他们心中折服，俺没有这个本事。可是俺又想，如果俺向这些乡巴佬示弱，那就会惯了他们的毛病，于是俺尽量放大了声音，稍微带上点卷舌音①，给他们讲起课来。在最初一段时间里，学生们被俺的气势压倒，呆呆地坐在那里。俺心想："这一招果然灵。"便更加得意起来，连"江户儿"吊儿郎当的语调也用上了。一个坐在最前排正中、长得十分结实的家伙，突然站起来，叫了声"老师"，俺心想：果然来啦！便问他："什么事儿？"他说："讲得太快了，听不懂。再稍微来慢点，可中不中哦②？"什么可中不中哦，真是一种不干脆的说法！

---

① "江户儿"发音上的一种特点，江户儿在与人争吵或得意时，这种发音方式表现得更明显，给人一种轻浮的感觉。
② "哦"在原文中是松山地区的方言。以下译文中凡会话尾音带"哦"字的，都用来勉强表示这种方言的语尾。

俺回答说:"如果讲得太快了,俺可以给你们慢点讲,不过俺可是'江户儿',说不好你们的话,如果你们听不懂,等到你们几时能听懂了再说。"由于俺用了这一手,第二节课,比预想的讲得顺当多了。只是在俺临回休息室的当儿,一个学生说:"请老师给解一解这道数学题,中不中哦?"他拿出一道俺难以解出的几何题来向俺进攻,使俺流了不少冷汗。最后俺没办法,只好说:"不太懂,下次俺再给你解释。"然后匆匆离开了教室。学生们"哇"的一声,哄起来了,其中还杂有"老师做不出,老师做不出"的声音。真他娘的,即便是老师,做不出也不足为奇呀。做不出来就说做不出来,这有什么可怪的?如果这种难题能做得出,俺也不会为四十块钱到这种穷乡僻壤来啦。俺一路想着回到了休息室。"豪猪"这次又问俺:"情况怎么样?"俺"嗯"了一声,可是单纯地"嗯"一声,又觉得有些不够,接着又说了句:"这个学校的学生都是些不通情理的东西哩。""豪猪"露出了一种摸不着头脑的表情。

  第三节课、第四节课、下午的第一节课,情况都大同小异。第一天教的,不管哪个班级,多少都出了点漏子。俺想：当老师可不像旁观者所想象的那样舒服呀。俺把所有的课总算都上完了，但是还不能立即回去，必须呆呆地坐到三点钟。据说，三点的时候，每个教员担任的班级的学生，打扫完他们的教室，还要来报告，教员还得去检查。然后再检查一遍今天学生的出席簿，这才允许你回去。虽然说是用薪水被你雇来的，可在没事儿的时候，也不该把人拘束在学校里，让人和桌子面对面做鬼脸呀。不过，俺想，既然其他的同事都在老老实实遵守着这一堂皇的规定，只有俺这个新来乍到的，要骄要痴地不遵守规定，也不太合适，所以就忍住啦。在回去的路上，俺向"豪猪"发牢骚说："也不管什么情况，让人家一直待到三点钟，真是胡来！""豪猪"哈哈哈地狂笑着说："可不是？"然后收起了笑脸说，"过分地发学校的牢骚，可不好咯！要说，就只跟我说，要提防那些别有用心的人啊！"由于到了十字路口，俺们就分手了，也没有工夫细问。

俺回到家，男房东走来向俺说："我来沏壶茶吧。"既然他说要沏茶，俺以为大概是他想请俺喝茶，其实不然，他毫不客气地泡上了俺的茶给自己喝。这样看来，俺不在家的时候，说不定他自己一个人也会来个"沏壶茶"哪。男房东说："由于在下喜欢古董，结果终于非正式地干起这个行当来了。您看起来极其风雅，您也玩玩古董如何？"他拉买卖算是拉错了门儿啦！两年前，有人求俺替他去趟帝国饭店，被人把俺错看成是个修理门锁的。俺去参观镰仓大佛的时候，身上披了张毯子，黄包车夫错将俺称作"工头大哥"。此外，过去俺也曾不断被人这样那样地看错过，可就是没有人当着俺的面，说俺"尊驾极其风雅"的。一般来说，从穿戴和模样也能看得出来嘛。所谓"风雅人物"，从画上也可以看到，总是要手拿诗笺，或者头戴浩然巾的。将俺这样的人，一本正经地称作"风雅人物"，这人就不是一般的坏东西啦。俺回答他说："俺不喜欢搞那种在家纳福、老太爷式的事儿。"男房东嘻嘻地笑了两声，说："没关系，谁也不是从一开始就喜爱此道的，可是一进入此道，就是想离也离不开啦。"说着，他又独自斟了一杯茶，用一种奇特的手势托着茶碗喝起来。这原来是俺昨天傍晚托他给买的茶叶。可俺喝不惯这种又酽又苦的茶，喝上一碗，就觉得胃里挺不舒服的。俺对他说："下次再买，请买些不这样苦的茶叶。"他说："是啦，就照您的吩咐。"然后他又控出了一杯茶汁喝了。真是个喝便宜茶就往死里灌的东西！男房东走了之后，俺准备了一下明天要上的课，立刻就睡了。

从那以后，俺总是每天到学校去，按部就班地教课。每天一回来，男房东就进俺房间来说："我来沏壶茶吧。"大约过了一个星期，学校的情况也多少有所了解了，房东两口子的为人也知道了个大概。俺跟其他教员聊了聊，据说教员在接受委任状之后，从第一周起，在这头一个月之内，一般是非常担心自己的名声好坏的，可俺却丝毫没有这种感觉。在课堂上时常把课讲砸了，当场固然心里觉得有点不舒服，可过不了三十分钟，就会消失得一干二净。俺这个人，不管什么事儿，即使是想把它长期挂在心上，也办不到。教课教砸了会对学生产生什么影响，这种影响会在校长和教务主任那里呈现出什么反应，所有这些，对俺说来，都无所谓。俺这个人，前边也说过，固然不是个遇事满不在乎的人，但确实是个凡事想得开的人。俺早就做好思想准备，如果在这个学校教不下去，那就另外换个地方，所以俺一点也不怕"狗獾",不怕"红衬衫"。更何况课堂上的那些小毛孩子,俺才不想讨他们的喜欢,说奉承他们的话哩。学校这边倒没什么问题,可是俺的住处,却不那么简单。男房东如果只是来喝喝茶,还可以忍耐下去,可他总是拿些乱七八糟的东西来。最初他拿来的是印石,在俺面前摆上了十来个,说:"总共三块钱,太便宜啦,您买下吧。"俺说:"俺又不是走乡串户买假画的,要这些印石干什么!"下一次,他又拿来了一个叫华山什么的人画的花鸟条幅,亲自把它挂在壁龛上,说:"您看,画得多好!"俺哼哼哈哈地应付说:"唔,是吗?"他于是就向俺胡诌八扯地解释说:"叫华山的画家,有两个人。一个叫什么什么华山,另一个又叫什么什么华山,而这张条幅,是出自那个叫什么什么的华山之手。"然后他不断地劝俺说,"您意下如何?如您想买,便宜点,算您十五块钱,您买下吧!"俺拒绝说:"俺没钱。""钱嘛,没关系,什么时候付都可以。"他还挺顽固!俺说:"俺就是有钱,也不买!"那次总算把他撵走了。又有一次,他搬来了一方有兽头瓦那么大的砚台,说:"这是端砚,这是端砚。"见他三遍五遍地卖弄他的端砚,俺半开玩笑地问他:"什么是端砚啊?"于是他立刻大讲特讲起端砚的来历:"端砚分为上、中、下三层,当今的端砚,都是从上层采掘来的,可这方砚台,没错,保证是中层的。请您观察观察这'眼'①,这儿有三个'眼',是极稀少的。在'泼墨'上也极好,您试试。"说着将那方大砚递了过来。俺问:"要多少钱?"他说:"原主是从中国带回来的,无论如何想脱手,便宜点,算您三十块钱吧。"这家伙肯定是个半疯!学校方面,俺似乎还能对付着干下去,可房东每天这样逼着俺买古董,那可就很难长久待下去了。

不久,俺对学校也讨厌起来了。有一天傍晚,俺在一个叫做"大町"的街道上散步,在邮局的隔壁看到一块招牌上写着"荞麦面",下边还加了个"东京"的字样。俺在东京的时候,只要从卖荞麦面的铺子前边走过,一闻到那佐料的香味,总要挑开暖帘走进去的。这一阵子,让数学和古董闹得俺把荞麦面都整个给忘了。既然看见了这块招牌,俺可就不能白白走过去了。心想顺便让俺吃它一碗,便进去了。一

---

① 眼:端砚纹理的一种。端溪石材有所谓"鱼脑冻"、"芭蕉白"、"石眼"等,"眼"即指"石眼"花纹。

看，并不像招牌写的那样。既然声明是"东京"，那总该拾掇得更干净一点吧。也不知道是根本与东京不相干呢，还是没有钱，脏得要命！铺的席子都变了颜色，还沾有沙尘，糙乎乎的。墙，烟熏火燎，都成了黑色啦。再看顶棚，不止挂着的煤油灯在冒油烟，而且低得让你不由得缩起脖子来。只有墙上的价目表，是新贴上去的，上面堂皇地写着各种荞面条的品名和价钱。这大概是两三天前买下的旧铺子新开张。见价目表上第一个写的是"炸虾面"，俺大声喊道："喂，来一份炸虾面！"有三个人聚在一个角落里，"哧溜哧溜"地正在那儿吃着面条哩。这时，他们一齐向俺这边看来。屋子很暗，俺最初没注意到他们，这样一打照面，才发现原来都是学校里的学生。对方向俺行了礼，俺也回了礼。这天晚下，吃上了好久未吃上的荞麦面，又好吃，所以足足报销了四大碗"炸虾面"。

第二天，俺毫无所谓地去上课，不料黑板上满版写上了五个大字：炸虾面先生。大家一看俺进来，便哄地笑了起来。俺感到可气，便问道："吃炸虾面有什么可笑的？"于是一个学生回答说："不过，吃了四大碗，太多了哦！"俺说："吃四碗，吃五碗，是俺掏自己的腰包，自己来吃，你们管得着吗？"说了以后，马上就讲起课来，然后下课，回到休息室。过了十分钟，俺又去上第二节课，进门一看，黑板上写着："计：炸虾面四碗，款已清。但：严禁发笑。"前一回，俺并未怎样恼火，但这回，俺可真的生气了。玩笑开得过了火，就是胡闹。这就像把烤年糕烤成焦黑，谁也不会说它好吃一样。这些乡巴佬不懂得分寸，他们认为怎么闹下去也没有关系。住在这样的小城镇里，一个钟头就能走遍全城，再也没什么可瞧的地方，又没什么可消遣的，所以才把炸虾面这件事当作和日俄战争一样的大事，到处去张扬。真是一群可怜虫！由于他们从小就受这样的教育，所以才造就出这群像盆栽枫树那样老气横秋、七扭八歪的"老小人"。如果是天真的玩笑，那俺跟着一起笑笑也未尝不可，可这怎么解释？一群毛孩子，却满脑子坏主意。俺默默地将炸虾面几个字擦去，对他们说："你们这样胡闹，有意思吗？这是一种卑鄙的玩笑。你们懂得卑鄙这个词儿吗？"于是有一个家伙回答说："自己做的事情，被人家一笑就发火，那才是卑鄙哦。"真是讨厌死人的东西！一想到俺从老远的东京特地跑来教这群东西,心里就难受。俺说:"少说闲言淡语,把心思用在功课上!"随即开始讲课。到俺去上第三节课时,黑板上又写上了"吃罢炸虾面,闲言淡语多",真是难以调解!俺气极了,说:"俺再也不教你们这些不知好歹的东西了!"说罢,迈开大步回休息室。据说学生们不上课是极高兴的。这样一来,和学校相比,那逼俺买古董的还算好些哩。

炸虾面问题,回到家来睡上一觉,又不那么令人感到恼火了。第二天上学校去,学生也都到了,简直令人哭笑不得。随后的三天中,平安无事。到了第四天的晚上,俺到一个叫做住田的地方,去吃了一顿糯米团子。这个住田是个温泉小镇,从现在这个小镇坐火车,只需十分钟。步行的话,半小时也可走到。在那里,有饭馆,有温泉旅馆,有公园,另外还有妓院街。俺去的那家卖糯米团子的铺子,就在妓院街的街口上。听人说那家的糯米团子好吃,俺洗完温泉,就去品尝了一下。这次并未碰上学生,所以俺想,这回大概谁也不会晓得了吧。第二天去学校,刚一走进第一节课的教室,就见黑板上写着:"团子两盘,七分钱。"俺还真是吃了两盘，花了七分钱。真是一群难以对付的家伙！俺想，第二节课肯定还会写出点什么，结果写的是"妓院街的团子香又香"。这些家伙真不像话！团子事件过去后，这回"红毛巾"事件又出了名。细一打听，原来是件极无聊的事引起的。俺自从到这儿以后，每天总要到住田温泉去一次。此地尽管别的地方和东京相比，都是望尘莫及的，唯独温泉却讲究得很。俺寻思，既来了，那就每天洗个温泉澡吧，所以每天晚饭前，捎带着散步，总要去上一回。而且每次去，俺总要拎着一条西式大毛巾，这条毛巾不但被温泉浸得变了色，而且还挂上了红道道，乍一看，颜色鲜红。俺在来回的路上，坐火车也好，步行也好，总是拎着这条毛巾。据说为了这个，学生就将俺称作"红毛巾"。住在这样的小地方，是非可真多啊！对啦，还有哪，俺去的温泉，是新盖起来的三层楼房，给浴客备有上等的浴衣，还带搓澡，只要花八分钱就行了。不但如此，女侍者总是把茶泡在天目茶碗① 里给端来。俺任何时候都是洗头等的。这样，学生们又

---

① 天目茶碗：指我国浙江省生产的浅钵形茶碗。

议论俺：每月只拿四十块薪水，总洗头等，太阔绰了。真是多管闲事！还有哪，温泉的浴池是用花岗岩砌成的，圈成十五叠那么大，通常总要有十三四个人泡在浴池里，但偶尔也有无人的时候，深度，站着可以达到乳部上下，所以在浴池里游一游，活动一下身体，真是愉快极啦。俺每次认准了没人的时候，总要在十五叠的浴池里，高兴地游上几圈。想不到有一天，俺从三楼上高高兴兴地走下来，心里想着今天又可以游泳啦，走到浴池的入口处一瞧，却见一块大木牌子钉在了那里，上边写着黑黑的大字——"禁止在池内游泳"。由于很少有人在浴池里游泳，这块牌子也许是专为俺做的吧。从那以后，俺就放弃了游泳的念头。游泳的念头是放弃了，可是俺一到学校，黑板上却又照例写上了"禁止在池内游泳"几个字，使俺这一惊非同小可。好像是所有的学生都在跟踪着俺似的，心里真别扭！俺这个人，管他学生怎么说，只要是俺想要干的事，就绝不会中止。不过，一想到为啥俺要到这个碰鼻子打脸的地方来呢，就感到心里十分难受。而且，回到住处，还得照旧受那份逼俺买古董的罪！

四

学校里有值宿制,由教员轮流担任。但"狗獾"和"红衬衫"是例外。俺打听,为什么这两个人可以免除这项当然的义务呢?回答说,因为他们是奏任待遇①。真不够意思!薪水拿得多,任课又少,还可以逃避值宿,天下还有这样不公平的事儿吗?自己随便搞了个规定,然后摆出一副理所当然的面孔,真难为他们竟是这样厚颜无耻啊。俺虽然对此深感不满,可是按照"豪猪"的高见,据说不管你一个人怎样发牢骚,反正无济于事。一个人也好,两个人也好,只要意见正确,按理都应该行得通啊。"豪猪"引了"might is right"这句英语来劝导俺,俺一时听不明白,又问了一遍,原来是"权力即权利"的意思。"权力即权利"这句话,俺早就知道,根本用不着由"豪猪"再来对俺说教。"强者的权利"和值宿,完全是两码事嘛。说"狗獾"和"红衬衫"

---

① 奏任待遇:按日本旧制,高等官员分敕任、奏任。一、二等为敕任,三等官以下至九等为奏任。"奏任待遇"是指非奏任官并享受奏任待遇者。

是强者，俺才不同意哪。可议论终归只能是议论，这个值宿的事儿，终于轮到了俺的头上。俺原是个爱洁净爱得出奇的人，所以被褥什么的，如果不是舒舒服服地睡在自己的被褥上，就好像没有睡过觉似的。俺从小就几乎没有到同学家去睡过觉。试想，连在同学家俺都不愿睡，学校的值宿，俺就更加腻烦了。腻烦归腻烦，如果这值宿也包含在四十块钱之内，自然无话可说，只好强忍着干这份差事吧。

教员和学生都走光了以后，只剩下俺一个人呆呆地留在那里，俺简直成了个傻蛋啦。值宿室在教室后边、宿舍最西端的一间房子里。俺进去转了转，夕阳直接晒到屋里，闷得很，简直无法待人。到底不愧是穷乡僻壤，秋天来临了，还从从容容保持着夏天的那股热劲儿。俺让人送来一份学生的伙食，对付了一顿晚饭。对这种难以入口的饭菜，这回算是领教过啦。真难为这些学生，吃了那样糟糕的东西，居然还干得出那么多调皮的事儿！而且这些学生都是急吼吼地四点半钟就把晚饭给报销啦，真算得上是群英雄好汉。俺吃过饭后，天还没黑，也不便就此睡下。有点想去温泉洗个澡了，可俺正在值宿，也不晓得是否可以外出。不过这样呆呆地坐着真叫受活罪,就像是被关禁闭似的,这如何受得了?俺刚到学校来的当儿,曾问过:"值宿的人在哪儿?"当时工友回答说:"出去办事儿去了。"俺当时曾觉得奇怪,可是轮到俺的班儿,这才有所领悟,外出是完全正确的。俺告诉工友说:"俺暂时出去一下。"他问:"您办什么事儿去?"俺说:"不是办事,是去温泉洗个澡。"说罢,俺就走了。俺把红毛巾忘在住处了,虽很遗憾,不过,今天就借用温泉的吧。

这样,俺不慌不忙地在温泉那儿洗了休息,休息了又洗,好不容易等到黄昏,俺才坐上小火车,在老城车站下了车。从这儿回学校,还有四町①,这点远近,算不了什么。刚迈步没走多远,就见"狗獾"从对面走过来了。"狗獾"大概是想坐这趟火车去温泉的吧。他迈开大步急急地赶来,在俺和他相对擦肩而过的时候,他看了俺一眼,于是俺向他打了个招呼。想不到"狗獾"却一本正经地问俺说:"您今天是不是值宿啊?"什么"啊"不"啊"的,就在两小时

---

① 町:日本度量衡的长度单位,1町等于60间,约合109米。1间约合1.82米。

前，不就是他对俺"道乏"似的说过"今儿晚上是您第一次值宿，让您受累啦"的话吗？当了校长，就得说这种绕来绕去的话呀？俺发火了："嗯，是值宿。正因为是值宿，所以我现在回学校去，住嘛，会住在那里的，不成问题的。"说罢，没再理他，满不在乎地走开了。走到了竖町商业街的十字街口，这回巧得很，又碰上了"豪猪"。真是个窄地方！稍一出门，总要碰上个张三李四。他问俺："喂，你不是值宿吗？"俺回答说："嗯，是值宿。"他说："值宿却在外边乱撞，不太合适吧？"俺向他逞强地说："有什么不合适的？不出来走走，才不合适哪。""像你这样不守规矩的人，实在叫人拿你没办法，假如遇上校长或者教务主任，那就麻烦咧。"他说了和他平时为人很不相称的话。于是俺说："校长，俺刚才就碰上啦。校长还夸俺出来散步，说：'这种热天，不出来散散步，那值宿也真够呛啊。'"俺感到事情越来越麻烦，便三步两步赶忙回学校了。

不久天就黑了。天黑以后，俺把工友叫到值宿室来，和他聊了两个钟头。后来也腻烦了，俺想，即使睡不着，也先在被窝里躺下再说。于是换上了睡衣，揭开蚊帐，把红毛毯掀到一边去，咚的一声，来了个屁股蹲，坐到被窝里，然后仰面朝天躺下了。俺每次睡觉，都要咚地来个屁股蹲，这是俺从小养成的毛病。在小川町住公寓的时候，楼下在法律学校念书的书生①，为此对俺提过抗议说："这是坏毛病。"学法律的书生这号人，别看他长得瘦弱，但嘴头子上却能说会道，滔滔不绝，竟朝俺说这些屁话。俺把他顶了回去，说："咚咚发出响声，怨不着俺的屁股，是因为公寓的建筑太粗糙啦。如果你要抗议，请向公寓去抗议吧！"可现在这个值宿室，并不是楼上，不管俺怎样咚一声躺倒，也没啥关系。如果俺不用劲躺倒，就觉不出躺下的味道呀。俺想，啊，啊，这回可舒服啦。可把两条腿刚一用劲伸直，就感到似乎有什么东西跳到了腿上，硬邦邦的不像是跳蚤。俺惊叫了一声"哎呀"，把两腿在毛毯中抖了一抖。这时，那硬邦邦的东西突然增多，在小腿上有五六处，在大腿上有两三处，还有一只酱乎乎的压在屁股底下，一只跳到俺的肚脐眼儿上来——俺更加吃惊，马上坐起来，把毛毯啪地掀到后

---

① 书生：指日本战前半工半读的苦学生。

边去，从被窝里立马飞出了五六十只蝗虫。当俺不了解究竟是啥玩意儿的时候，多少有些毛骨悚然，可一旦看明白了不过是些蝗虫，俺可就恼火了。小小的蝗虫，还居然敢他娘的吓唬人，等俺收拾你！俺一下子抓起圆枕头，狠狠地砸了两三次，可对手太小，别看狠狠地扔过去，却收效不大。不得已，俺像大扫除时把草帘子卷起来敲打座席①那样，把周围狠命地拍打了一阵。蝗虫受了惊吓，加上又有枕头敲打，都飞了起来。在俺的肩上、头上，鼻尖上，又是落又是乱撞。落在脸上的，不好用枕头敲打，就用手去抓，狠命地摔。令人可气的是，不管你怎样使出九牛二虎之力，由于砸上去的是蚊帐，它只是轻飘飘地动一下，丝毫也用不上劲儿。蝗虫任凭俺怎样拍打，都只死命紧叮在蚊帐上，根本死不了。一直弄了半个钟头，才好不容易地把蝗虫给除退了。俺拿来了扫帚，把蝗虫的尸体扫了出去。工友来问是怎么回事，"什么怎么回事！"俺呵斥他说，"混蛋！天下哪有在被窝里养蝗虫的？"他辩解说："我不知情哪。"俺把扫帚扔到廊道

---

① 日本房屋地面铺的座席，大扫除时可以掀起敲打，然后再铺回去。

里，说："你以为用'我不知情'就能说得过去吗？"工友战战兢兢地扛着扫帚回去了。

俺立即去唤三个住宿生作为代表来见俺，可是他们来了六个人。管他六个人也好，十个人也好，俺怕什么！俺穿着睡衣，挽着袖子，和他们谈判起来：

"你们为什么把蝗虫放进俺的被窝里？"

"蝗虫？什么是蝗虫哦？"站在最前头的一个人说。他娘的，他倒蛮沉得住气哪！这个学校，不只是校长，大概就连学生，也都是绕来绕去说话的吧。

俺说："连蝗虫是什么都不懂？不懂，让俺给你们看看！"可偏巧蝗虫都被扫出去了，一只也没有。于是又把工友喊来说："把刚才的蝗虫拿回来！"工友说："已经全倒在垃圾堆里啦，还要捡回来吗？"俺说："嗯，去捡回来！"工友立即跑去了。不久，他在习字纸上放了十来只，端来了。他说："很抱歉，正赶上是夜里，只找到了这点儿，明天白天，再给您多捡些来吧。"连工友都是糊涂虫！俺捡起一只蝗虫，拿给学生看，说："这就是蝗虫。你们白白长了那么大的个子，连蝗虫都不懂，真可笑！"站在最左边的一个圆脸的家伙，傲然顶了俺一句，说："那，是蚂蚱哦。"俺立刻反驳他们说："真混蛋，蝗虫也好，蚂蚱也好，不是一个东西吗？甭说别的，你们和老师说话，总是'哦''哦'的，这是怎么回事？又不是吃饭打嗝，老是'哦''哦'的做什么？"对方说："'哦'和打嗝可不是一码事儿哦。"看来，这是个一开口说话就离不开"哦"的家伙！

"不管叫蝗虫也好，叫蚂蚱也好，你们为什么把它放进俺的被窝里？俺啥时候要求你们把蝗虫放进去啦？"

"可谁也没有往里放哦。"

"不是你们放的，怎么会到俺的被窝里来啦？"

"蝗虫喜欢暖和的地方，大概是它自己进去的吧。"

"胡说！蝗虫怎么会自己进去——蝗虫亲自驾临，这可承受不起——说呀，你们为什么淘这个气？说呀！"

"你让我们说，可我们并没有放进去，让我们说什么哦？"

真是一群孱头！如果你们自己不敢讲出自己干的勾当，那干脆别干多好。看来，如果不抓住证据，他们是打算抵赖到底。他娘的，厚着脸皮来对付俺！就拿俺说吧，俺在中学念书的时候，也或多或少淘过气，但是，当老师追问是谁干的时候，俺从来没有干过类似临阵脱逃这种卑鄙的勾当。干了就敢作敢当，没干就是没干。俺不管怎样淘气，总是胸怀坦荡的。如果为了怕受处分而撒谎，那从一开始就不如不淘气。淘气就离不开受处分，就是因为有处分，淘气的事干起来才觉得痛快。淘气了，而处分却敬谢不敏，天下怎么会有这种下流的想法。钱是借了，可还债却不准你提的这号人，肯定就是眼前这类东西毕了业后干的。你们不想想，你们是为啥进中学的？他娘的，你们都想错了，以为只要进了学校，扯谎、蒙人，在背后偷偷淘气，干些尽是馊主意的事儿，然后大摇大摆地毕业，就自认为是受过教育了。真是群讲不通的混账东西！

俺对于和这种坏了肠子的家伙们办交涉感到恶心，俺说："你们既然那么怕讲出来，那俺可以不问。你们进了中学，连上流和下流都分辨不清，实在可怜得很。"说罢，俺就把这六个人攮走了。俺的长相和话语固然都谈不上很上流，可是俺自信，俺的精神境界比这些家伙要上流得多。这六个人得意洋洋地回去了，表面上看来，比俺这做老师的，似乎要神气得多,其实,正是他们这种不当回事的态度,才显得他们更加可恶。俺到底达不到他们这种恬不知耻的境界。

  这以后,俺又钻进被窝,躺下了。由于经过刚才这一阵折腾,蚊帐里的蚊子,嗡嗡地直叫。俺干不了那种晃着蜡烛,把蚊子挨个烧死的麻烦事儿,便把蚊帐钩摘下,把蚊帐长长地叠起来,在屋子里上下左右一抖,蚊帐环一甩,狠狠地打在了俺手背上。等到第三次钻到蚊帐里的时候,心里多少平静了一些,但却睡不着了。看了一下表,已经十点半了。细想起来,俺真是来到了一个自找烦恼的地方啊。假如一个中学老师,不管走到哪里,都要应付这种人,那未免太可怜了。真奇怪,老师居然没有缺货。恐怕都是变成耐心极强的木头疙瘩了吧。这对俺来说,可绝对受不了。想到这点,清婆这个人可算是个好样的喽。她虽是个没受过教育、身份低微的老太婆,但从做人来说,却非常高贵。过去俺受了她那样无微不至的照顾,那时并未觉得应该怎样感谢她,直到俺一个人孤单单地来到这遥远的地方,才第一次懂得了她的好心肠。如果她真想吃越后的竹叶软糖,便是特地去一趟越后买来给她吃，也完全值得。清婆总是夸奖俺这个人"性格淡泊、秉性正直"，其实俺并不值得夸奖，倒是夸奖俺的人才是个了不起的人哪。俺不知为什么，真想见到清婆啊。

就在俺思念着清婆，翻来覆去睡不着的时候，突然，在俺的头顶上，从数目说来恐怕有三四十人，踏着咚、咚、咚的点儿，踏起了楼板，二楼就像要塌下来一般，随后又发出了和跺脚声相应的大喊声。俺不知发生了什么事，吓得跳了起来。就在俺跳起来的一刹那，呵，呵，明白啦，原来是学生为了报复俺，在乱闹呢。你们这些东西，干了坏事儿，在承认"做错了"之前，你们的罪过是消灭不了的。干过的坏事儿，你们总该记得的吧。按正理说，你们本来应该在睡下后感到后悔，在第二天清早就该来赔礼。即便不来赔礼，也总该感到惶恐，安安静静地睡觉吧。而这又是怎么回事儿，竟搞起这种胡闹来！学校盖宿舍，又不是在养猪嘛。你们的这种疯狂勾当，差不多也该收场了。你们等着瞧吧！俺这样想着，穿着睡衣就从值宿室跳出来，两步三步跳上楼梯，到了二楼上。可奇怪的是，刚才还在俺头上咚咚、咚咚地折腾着呢，这下子却突然变得静悄悄的，不要说人声了，连个跺脚的声音也没有了。真是怪得很！尽管煤油灯已经吹熄，暗得很，有什么东西在哪儿都看不太清，但是，是否有人待在廊道里，还是觉察得出来的。在从东往西长长地穿过去的走廊里，连只老鼠的影子都感觉不出，月光从走廊的一头射进来，远处的那一头，亮得出奇。真是怪呀！俺从小就有个爱做梦的毛病，时常在睡梦里跳起来说些莫名其妙的胡话，经常为此惹人笑话。十六七岁的时候，有一晚上俺梦见自己捡到一颗钻石，便一下子蹦了起来，气急败坏地问睡在身旁的哥哥："刚才的钻石哪儿去了？"当时这事被家人当成笑话足足讲了三天，使俺难为情极了。刚才也许是做梦吧？但明明是他们胡折腾过的嘛。俺正在走廊当中琢磨着呢，这时从月光照亮的走廊尽头，"一、二、三、哇！"突然响起三四十人齐声喊叫的声音。紧接着又像刚才那样，按照同一个点儿，一齐跺起楼板来。果然，这不是梦，而是真事儿！俺也毫不示弱地大声嚷道："安静点儿！深更半夜嘛！"然后俺就在走廊里朝前跑去。俺跑去的这一段路很暗，唯一指示俺方向的就是走廊那一端的月光。俺刚跑了两间远，就在走廊中间，小腿一下子撞上了一个又大又硬的东西，使俺感到痛彻骨髓，同时身子咚地往前栽去。俺骂了一声"他娘的"爬起来，可是再也不能往前跑了。俺虽然心里起急，可腿却不听俺的使唤。俺又急又气，用一条腿蹦去。到尽头一看，跺脚声和人声皆无，变得静悄悄的。人即使再怎样卑鄙也不该卑鄙到这个样子，简直是一群猪猡！俺下了决心，既然这样，那么除非把躲起来的家伙揪出来，让他们承认错误，否则俺是决不罢休的。俺想去打开一间寝室，察看室内的情况，但是门推不开。也许是上了锁，也许是把桌子堆起来，顶住了门，不管俺怎样推呀推呀，就是推不开。于是俺又试了试对门北侧的寝室，同样也推不开。俺正急着推门，好将屋里的家伙捉住，就在这时，东边的尽头又发出了喊叫声和一齐跺脚的声音。俺想，这些混蛋是商量好了，想东西呼应来捉弄俺呀。可是怎样对付他们才好呢，俺简直茫然不知所措。俺得老实承认，俺这个人有勇无谋。遇上这种事，简直是一筹莫展，不知怎样处理才好。但俺绝不认输。如果这样就算了，那将关系到俺的颜面。俺这个"江户儿"如果被说成没囊没气，那俺心里是绝难服气的。如果让人家知道，在俺值宿的时候，受到乳臭未干的毛孩子们的戏弄，而俺竟拿他们毫无办法，不得已只好忍气吞声，那将是俺一辈子的耻辱。你可别小瞧俺，俺祖上还是旗本①哪。旗本的祖先是清和源氏②，是多田满仲③的后代，和这些土包子从出生就不是一个等级的嘛。只不过在不够聪明这点上感到遗憾罢了，只不过是想不出好主意而感到为难罢了。虽然为难，俺怎能就此认输呢？俺是由于为人太正派，所以才想不出好主意来。也不想想，如果社会上正派都无法胜出，还有什么东西可以胜出？如果今天晚上不能胜出，那就明天胜出。如果明天不能胜出，那就后天胜出。后天还不能胜出，那俺就每天让人从住处送饭来，俺就长住这里，直到胜出为止。下了决心，俺便在走廊的中间盘腿而坐，等待天亮。虽然蚊子嗡嗡地袭来，但俺不在乎。俺

---

① 旗本：日本江户时期武士的一个等级，俸禄在五百石以上、不满一万石之间，直属将军，有资格拜谒将军。
② 清和天皇（850—880）将他的许多皇子下降为臣籍，赐姓源氏，故称清和源氏。
③ 源满仲（912—997），清和天皇的曾孙，曾任镇守府将军，居住在摄津多田地方，故称多田满仲。

用手抚摸了一下刚才磕破了的小腿，黏糊糊的，大概是出血了吧。血想出就让它出吧。就在这个当儿，刚才折腾后的困倦袭了上来，俺不由得迷迷糊糊打起盹来。隐约感到一阵吵嚷，惊醒了一看，哎呀，完蛋啦！俺一下子跳了起来。在俺坐着的地方的左边，门半开着，两个学生正站在俺的面前。当俺猛地一惊，意识清醒过来之后，一把就抓住了靠近俺面前那个学生的一条腿，使足了力气，狠命一扯，那家伙扑通一声，跌了个仰面朝天。活该！剩下的另一个，趁着他正有些惊慌失措的当儿，俺一下子扑上去，抓住他的肩膀，推搡了他两三次，这家伙傻眼啦，一个劲儿地眨巴着眼睛。俺说："好吧，你们到俺的房间来！"便把他们押了回来。看来这两个都是窝囊废，立刻就跟来了。这时，天已经大亮。

俺开始询问那两个被俺带进值宿室的家伙。猪猡这种东西，你就是再怎样打它骂它，终归也还是猪猡。这两个家伙，看来是始终想要用"不知道"来搪塞过去，说什么也不肯交代。这个当儿，学生们又来了一个，来了两个，逐渐从楼上都聚到值宿室来。俺一看，一个个困得眼泡儿都肿了。

这帮不中用的东西！俺对他们说："只是一个晚上不睡，就成了这么个熊样，还算是男子汉吗？都去洗把脸，然后再和俺争论！"可是他们谁也没有去洗脸。

俺和这五十多名学生争论了整整一个多小时。这时，"狗獾"猛孤丁地来了。后来听说，是工友特地跑去告诉他说："学校闹事啦。"就这么一星点子的事儿，就去喊校长，未免太胆小怕事了。所以他才只能当中学的工友哩！

校长听了俺的一通说明，也听了一下学生们的说法，然后他说："在将来进行处分之前，都照样上课去。赶快洗脸吃早饭，否则要赶不及上课的。都快些！"就这样把学生都放走了。太宽大啦！如果是俺，俺就当场把所有住宿生都开除。正由于他做起事来这样不死不活的，所以住宿生才敢于捉弄值宿教员。然后，他又对俺说："您一定很劳神，很累了吧。今天的课就不必上了。"俺回答说："哪里！我没劳什么神。这种事儿，就是每天晚上都发生，只要我还活着，就算不得什么劳神，我这就去上课。如果一个晚上没睡就上不了课，那我一定要从拜领的月薪中除掉这一天，还给学校的。"校长也不知是怎么想的，老半天死盯盯地瞧着俺的脸，然后提醒俺说："不过，您的脸肿得很厉害呀！"俺这才意识到俺的脸果然有点沉甸甸的，而且整个脸都痒得很。这肯定是蚊子叮得厉害的缘故。俺一边咔哧咔哧地挠着，一边说："不管脸怎么肿，我的嘴巴还是照样可以动的，与上课无妨。"校长笑着夸奖俺说："您劲头很足咧。"老实说，他这不见得是夸俺，而是调侃俺吧。

五

"红衬衫"问俺说："你不去钓鱼吗？""红衬衫"是个说话声音柔声细气得让你难受的人，简直使你分辨不出他是男是女。既然是个男子汉，就该发出男子汉的声音来嘛。尤其是，他不是个大学毕业生吗？就连俺这个物理学校毕业的，都能发出这么个粗嗓门，偏偏他这个文学士却是这个样子，实在丢人。

俺不太热情地回答说："这个嘛……"他又不客气地问道："你，钓过鱼吗？"俺说："不太多。小时候在一个叫小梅的钓鱼池里钓过三条鲫鱼,还在神乐坂毗沙门庙会的日子里,用细钩钓过一条八寸长的大鲤鱼,可俺刚一高兴,又啪地掉进去啦①。这件事,现在想起来还觉得可惜得很哩。""红衬衫"听了,朝前翘起了下颏,呵呵呵地笑了起来。也用不着这样装腔作势地笑呀。他又说:"看起来,你还没有尝过钓鱼的滋味哪。假如你希望,我可以教教你。""红衬衫"显得很是自鸣得意。谁稀罕你来教?再说吧,钓鱼或者打猎的这伙人,都是些冷酷无情的家伙。如果不是冷酷无情,就不会为杀生害命而高兴。鱼也好,鸟也好,被杀掉肯定不如活着好。如果是靠钓鱼和打猎为生,那又另当别论。既然丝毫也不缺钱用,偏要把活着的东西弄死,否则就睡不着觉,这未免太不知足啦。俺心里虽然这样想,但对方是个文学士,能说会道,争论起来当然争论不过他,所以俺什么也没说。于是这位老兄错以为把俺给说服了,便不停地劝诱说:"我立刻教你。如果你有空闲,今天如何?就一起去吧。只和吉川君两人去,太单

---

① 日本在庙会上常有小商人把鲤鱼养在水槽里,供孩子们钓鱼玩耍。这里说的就是这种情景,故听了使人发笑。

调，你也来吧。"所谓吉川君就是指那个教图画的教员，那个"蹩脚帮闲"。这个"蹩脚帮"①，不知他打的什么主意，从早到晚，老是到"红衬衫"家去，进进出出总是跟在"红衬衫"后面，形影不离。简直不像是同行，倒像是主人与听差。"红衬衫"所到之处，"蹩脚帮"一定跟着。所以听了这话，俺也不觉得奇怪。奇怪的是，他们两个人去也就行了，为什么偏要跟俺这样不解风趣的人打招呼呢？大概他是个骄傲自大的钓鱼爱好者，为了向俺显示他钓鱼的手段，才约俺同去的吧。俺才不怕他臭显摆呢。就是你钓上两条三条金枪鱼来，也吓不倒俺。②俺也是人，别看俺不会钓鱼，可只要俺放下钓线，总会钓上点什么来的。如果俺这次不去，那么嘴头子尖刻的"红衬衫"肯定会把它歪曲成是因为俺不会钓鱼才不去，绝不会说俺是不喜好钓鱼才不去的。想到这里，俺回答说："那好吧，俺去。"俺上

---

① 这是哥儿的造语，是前边"蹩脚帮闲"的简称。日本战前专有陪伴客人嫖妓、以"帮闲"为业的人，此处的"蹩脚帮"是轻蔑的称呼。
② 这里是故作滑稽的说法。"金枪鱼"是一种远洋鱼类，体长三米的大型鱼，近海是根本钓不着的。

完了课，先回了一趟家，穿戴好了到车站和"红衬衫""蹩脚帮"会齐，然后一同到海边去。船老大只有一个人，船又窄又长，在东京一带是见不到这种船的。俺瞧遍了船中，看不到一根渔竿，没有渔竿怎么钓鱼呢？俺问"蹩脚帮"："不用渔竿也能钓鱼吗？这是啥主意呀？"他抚摸着下颏，好像很在行似的回答说："在海口子钓鱼不用渔竿，只要钓线就蛮灵喽。"早知道会挨他一顿抢白，俺一声不吭就好了。

　　船老大慢慢地划着。熟练这东西可真不得了，回头一看，船已经划出老远老远，海岸看去已经很小了。高柏寺的五重塔露在树梢上，像个针尖似的。向前方看，一座绿色的小岛浮在海上。据说这是个无人的荒岛，仔细看去，只有岩石和松树。不错，只有石头和松树是无法住人的。"红衬衫"不断眺望着，说："景色真美啊。""蹩脚帮"立刻迎合说："简直是绝景咧。"俺虽然不了解到底是不是绝景，不过毕竟很感愉快。俺想：在茫茫的大海上，让海风吹吹，对身体是有益的。俺开始感到肚子饿得慌。"红衬衫"向"蹩脚帮"说："你看那松树，树干笔直，树梢舒展得像把伞，简直就像透纳①的画一般。"蹩脚帮"显示出蛮有同感的样子说:"就是透纳嘛。看那树的弯曲形态,有多美啊,和透纳的画一点不差哟。"透纳是什么,俺不知道,不过不打听,也犯不了什么难,所以俺默不作声。船从小岛的左侧,转了个圆圈儿,水面无一点浪花,平滑得使人不敢相信这是大海。多亏了"红衬衫"邀俺来,愉快极啦。俺想,如果可能,俺很想登上那个岛子去看看,于是俺问:"在那儿有岩石的地方,船能不能拢岸啊?""红衬衫"反对说:"靠岸是能靠岸的,不过,钓鱼嘛,太靠岸了可不行。"俺也就不吭声了。这时,"蹩脚帮"出了个馊主意:"教务主任,您说呢,今后咱们就把这个岛子命名为透纳岛好不好?""红衬衫"赞成说:"这太有意思啦,咱们今后就这样称呼它吧。"这个"咱们"如果是把俺也包括进去,那俺可不敢当。对俺来说,称它绿色的小岛就蛮够了。"蹩脚帮"说:"您看怎么样?如果在那块岩石上站着个拉斐尔的圣母马利亚,那可就成了一幅杰作咧。""红衬衫"发出了令人发毛的笑声,说:"你少提马利

---

① 透纳(1775—1851),英国风景画家,以鲜艳夺目的色彩绘制风景画。作品有《雨、蒸汽和速度》《威尼斯风景》等。

亚好不好，嘻、嘻、嘻……""蹩脚帮"说："没有旁人，不要紧的。"他说完，看了俺一眼，特地扭过头去抿着嘴笑了笑。俺不知为什么，心里觉得很不舒服。马利亚也好，马大哈①也好，和俺都没关系，你们愿意让谁站上去就站上去吧。不过，他们似乎在说些别人不懂的事儿，以为别人不懂，所以就不怕人听。这真是一种下流的做法。而他本人却还自吹什么"咱也是江户儿哩"。俺心想，所谓马利亚，多半是和"红衬衫"相好的艺妓的绰号吧。让他相好的艺妓站在无人岛的树下来加以欣赏，这还有什么可说的，蛮够意思嘛！"蹩脚帮"如果再把这种场面画成油画，拿到展览会上去，那就更妙喽。

　　船老大把船停下说："这一带可以吧。"说着下了锚。"红衬衫"问："有几庹②深？"答说："有六庹左右。""红衬衫"一边说着"只有六庹，不太容易钓上鲷鱼③来啊"，一边将钓线抛到海里。看来这位老兄是想钓鲷鱼哩，欲望倒

---

① 这是日本式的俏皮话。这里是意译。
② 庹：原文作"寻"，日本惯用的长度单位。1庹约合1.5米。
③ 鲷鱼是日本人最喜欢吃的一种珍贵海鱼。

真不小！"蹩脚帮"恭维说："没事儿，遇上教务主任您这样高超的本领，会钓得上来的。何况现在又是风平浪静的时刻呢。"说着一边也把钓线捋好，扔进海里去。钓线头上好像系着个铅锤模样的东西，根本没有浮子。不用浮子去钓鱼，就像测量温度不用寒暑表一样。俺在一边看着，心想这俺可做不到。"红衬衫"说："来吧，你也钓一下看。有钓线吗？"俺回答说："钓线尽有，可没有浮子。""没有浮子就钓不了鱼，那是外行人钓鱼。你看，要这样！钓线沉入水底的时刻，在船帮上用食指掐着，一旦鱼吃上了食，手指头就会有感觉——哎呀，上钩啦！"说着，这位老兄立即捯起钓线来，俺以为钓上什么来了呢，结果什么也没有钓上来。只是鱼食没有了。真使俺感到解气！"教务主任，太可惜啦。刚才肯定是条大的。按主任您的本领，都被它跑掉了，今天可不能大意喽。不过，就是被它跑掉了，也那个那个，还算不错嘛。总比那些和浮子面对面的老兄要强得多嘛。因为那和没有车闸就骑不了自行车一个水平啊。""蹩脚帮"尽说些怪里怪气的话，真想揍他一顿。俺想，俺也是人，又不是教务主任一个人包下的大海，大海宽得很，就是为了给俺圆圆面子，一条鲣鱼①什么的，也应该给俺上个钩嘛。于是俺把钓线和铅锤"嗵"的一声，扔进了大海，用手指头随随便便地掐着。

过不了一会儿，好像是什么在哆哆嗦嗦地触动着钩线。俺琢磨着这肯定是鱼。如果不是活物是不可能这样抖动的。妙极啦！俺钓着啦！于是用力地捯线。"蹩脚帮"嘲弄俺说："哟，钓着啦？真是后生可畏！"钓线大体上已经捯尽了，只剩下五尺左右浸在水里。俺从船帮朝下一看，是一条带条纹的、像金鱼似的鱼咬住了钓线，左摇右摆，应手浮到水面上来。真有趣！从水面提上来的时候，鱼啪啦一跳，弄得俺脸上满是咸滋滋的海水。好不容易捉在手里，想摘掉鱼钩，没想到轻易摘不掉。抓住鱼的手，感到黏糊糊的，非常难受。俺烦了，抡起钓线，把鱼摔在船的中央，立刻就摔死了。"红衬衫"和"蹩脚帮"吃惊地看着俺。俺在海水中哗啦哗啦地洗了手，举到鼻子前闻了闻，手还是腥得很，真叫人不敢领教。下次，不管再钓上什么，再也不想用手去

---

① 鲣鱼：鲭科海水鱼，长 40—60 厘米，脊深蓝色，腹部银白色。

抓了，恐怕鱼也未必愿意让人去抓吧。俺赶忙把钓线卷起来了。

"你打了头阵，有本事！不过，可惜是'缟尔基'。""蹩脚帮"又在说大话。"红衬衫"立刻逗趣地说道："提到'缟尔基'，像是俄国文学家的名字哩。""可不是吗，叫法简直像个俄国文学家啊。""蹩脚帮"立刻他娘的表示赞成。高尔基是俄国的文学家，丸木①是芝区的照相师，产米的植物②是人的命根子，这谁都知道，还用说吗？说起来，这个"红衬衫"有个坏习气。不管对谁，他总喜欢说一些用片假名写的外国名字③。人各有各的专业行当，对俺这样教数学的教员来说，怎么能知道高尔基或人力车夫④呢？也该对俺客气些嘛。如果一定要说，那么提一下《富兰克林自传》啦，《伟大的励志书》⑤啦，也可使用这些连俺也知道的名字嘛。

---

① 高尔基与"丸木"在日语中发音相近，这也是一种俏皮话。
② "产米的植物"也和上述"丸木"一样，与"高尔基"的发音近似，也是俏皮话。
③ 日文中的西方外来语，一般要用片假名写，以示区别。
④ "高尔基"与"人力车夫"在日语中发音近似。
⑤ 《伟大的励志书》：美国作家奥里森·马登（1850—1920）的著作，讲述功利主义的处世哲学，当时常被用作中学教科书。

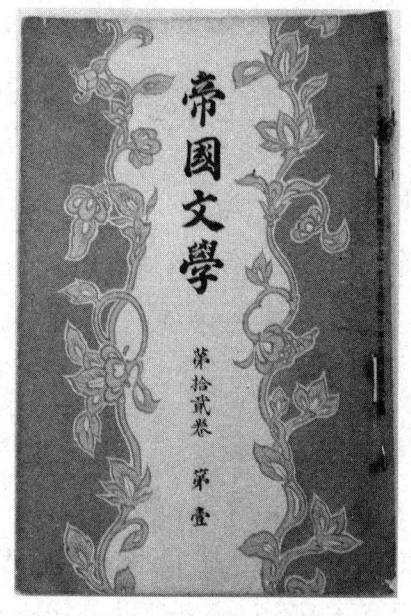

(《帝国大学》杂志)

"红衬衫"经常把大红封面的《帝国文学》①杂志拿到学校来,津津有味地读着。俺问过"豪猪",据他说"红衬衫"的片假名词汇都是从那个杂志上贩来的。《帝国文学》也真是个造孽不浅的杂志哩。

---

① 《帝国文学》:由东京帝国大学文科大学师生主办的文艺杂志。创刊初期的封面设计相当大胆,多以大红色衬底。

"红衬衫"和"蹩脚帮"两个人拼命地钓鱼。大约一个小时左右，两人钓上来十五六条。滑稽的是，钓上来一条，又钓上来一条，都是"缟尔基"，连个鲷鱼的影子都没见着。"红衬衫"向"蹩脚帮"说："今天是俄罗斯文学大走红运哪。""蹩脚帮"回答说："像您这样的本领，钓上来的还都是'缟尔基'，那么像我这样的人，当然更得钓'缟尔基'啦。这又有什么办法呢？丝毫不足为怪啦。"俺问了船老大，据说这种小鱼，又不中吃，刺又多，是根本不能吃的，只能当作肥料。原来"红衬衫"和"蹩脚帮"是在拼命钓肥料哩，俺真替他们遗憾得很！俺钓上一条就不想再钓了，仰卧在船腹当中，一直在眺望着天空。比起钓鱼来，俺这么着，要风雅得多了。

　　这时，两个人在小声讲着什么。俺听不清，而且也不想去听。俺一边眺望着天空，一边在盘算着清婆。假如俺有钱，把清婆带到这种景色秀丽的地方来游逛游逛，那该多美呀。即便景色再美，和"蹩脚帮"在一起，多么无聊！清婆虽是个满脸皱纹的老太婆，可无论把她带到哪里，也不会使俺感到丢人的。像"蹩脚帮"这号人，不管他是坐马车也罢,坐船也罢,或者登上凌云阁①也罢,终归是沾不得边的。如果俺是教务主任,"红衬衫"是俺,那么他无疑也会照样低三下四,拍俺的马屁,同时去嘲弄"红衬衫"的吧。人们说"江户儿"是轻浮的,果然不假。像这种东西,如果在地方上转来转去,反复吹嘘他自己"俺是江户儿",那么地方上的人无疑会认为,轻浮就是江户儿,江户儿就是轻浮的同义语。俺正在琢磨着这些事,这两个人也不知为什么,嘻嘻地笑了起来。在笑声当中,他们又像是在说什么,但语句断断续续,一点也听不清楚。"啊?那谁知道……""……一点不错……因为他不知道嘛……太缺德了啊。""总不至于……""把蝗虫……这可是真事啊!"

俺没有仔细听其他的话,不过,当听"蹩脚帮"说到蝗虫这个词的时候,不由得一愣。"蹩脚帮"不知为什么,把蝗虫这两个字特别用力地说出来,故意让俺清楚地听到,然后又故意把下边的声音放低。俺一动不动地听着——

---

① 凌云阁:当时建在东京浅草公园内的八角形砖塔,有十二层,俗称"十二层",英国人设计,1890年竣工,1923年毁于关东大地震。

"又是那个堀田……""很可能是这样……""炸虾面……哈哈哈……""……煽动……""糯米团子也？……"

话虽是这样断断续续，但从他们所说的蝗虫啦、炸虾面啦、团子啦这些词来推测，肯定是在偷偷地讲俺。要讲，就该用更大的声音来讲嘛。而且，若是讲背人的话，那又何必把俺一齐拉来呢。真是两个让人讨厌的东西！蝗虫也罢，臭虫也罢，错处不在俺这边嘛。由于校长说"先把事情交给我"，所以俺才照顾"狗獾"的面子，直到现在还在等待着最后的处理结果。他这个"蹩脚帮"，居然也议论起这件事了。还是叼着你的画笔滚开吧。俺的事，迟早俺会自己来善后，不会有什么问题的。但是，在他们的话语中出现了"又是堀田"和"煽动"一类的话，这却使俺犯起寻思来了。这意思到底是说堀田煽动俺把事情闹大了呢，还是说堀田煽动学生来捉弄俺呢？摸不着头脑。望了望蔚蓝的天空，阳光正逐渐在减弱，风刮起来了，微带着嗖嗖的凉意。像线香燃起的烟一样的云彩，在蔚蓝的天空上，静静地舒展开去。不知何时，这些云彩又散入整个晴空，宛如罩上了一层轻烟薄雾。

"红衬衫"好像突然想起什么似的说:"咱们该回去啦。""蹩脚帮"说:"是啊,正是时候了。今天晚上您去和马利亚小姐相会吗?""红衬衫"说:"别瞎胡说,会惹出麻烦的。"说着他把倚在船帮上的身子往直里坐了坐。"不要紧,即使他听见了也……""蹩脚帮"说着,回过头来朝俺看了一眼。俺把两只眼瞪得圆溜溜的,直接把目光射向了"蹩脚帮"。"蹩脚帮"好像不敢正视俺似的,把身子向后一仰,缩了一下脖子,摇了摇头,嘴里说道:"哎呀,我算服了您啦。"真是个多嘴多舌、管八街的东西!

　　船静静地向海岸划回来。"红衬衫"向俺说:"你好像不太喜好钓鱼,是不是?"俺回答说:"是啊,躺在船里看天更有趣些。"俺把吸剩下的香烟扔进海里,香烟吱的一声,漂漂荡荡浮在被船橹激起的浪花上。"红衬衫"紧接着说了句与钓鱼毫不相干的话:"由于你来任课,学生们都很欢迎呢,加油干吧。""恐怕学生也不见得很欢迎吧。""不,我这不是恭维话,的确十分欢迎的,你说呢,吉川君?""蹩脚帮"笑嘻嘻地答道:"岂止欢迎,而且都欢迎得翻了天哩。"真是怪啦,这家伙只要一开口,没有一句话不惹俺生气。"红衬衫"说："不过，你可得多加小心，否则不妙呀。"俺回答说："反正是不妙，既然这样，不妙就让它不妙去吧。"说老实话，俺早就打定主意，要么俺被免职，要么让所有的那些住宿的学生给俺赔礼。俺早就下定了决心，这两条道只能有一条。"你这么一说，我就不好搭腔啦——说真的，我作为教务主任，也是为了你好才说的，你可千万别往坏里想。""教务主任对你是一片好心，就连在下我，也因为和你同是'江户儿'嘛，也希望你长期留在学校，彼此有个照应。暗地里，我也在为你出力哪。"别看他是"蹩脚帮"，却也会装成人的样子说话。如果受什么"蹩脚帮"的照顾，那还不如上吊死了，倒干脆得多咧！

"要说嘛，学生对你来校任课，是很欢迎的。不过这里边有种种情况呀。自然，你也许会很恼火的吧，不过，请你下个狠心，勉为其难地干下去，我绝对不会袖手不管，拆你的台的。"

"你说其中有种种情况，什么情况？"

"这里边稍微有点复杂哩。不过不要急嘛，逐渐会明白的。我就是不说，你也会自然而然明白的，吉川君，你说是不是?"

"嗯,的确是很复杂哩。不是一朝一夕能明白的。就是我不说,你也会逐渐明白的。""蹩脚帮"说着和"红衬衫"一模一样的话。

"假如是那样不好说清楚,不问也可以,是你先提起来的,所以俺才问问。"

"你说得很在理。我提出来,又没有下文,这是不负责任的。那么让我只向你说这些吧:恕我冒昧,你还刚出学校的门不久,还是第一次当教师,经验浅,你哪里知道,学校这种地方,见不得人的勾当多着哪。像你那样书呆子气,漫不经心,可不行呀。"

"漫不经心不行,那么应该怎么办呢?"

"这……你太直率啦,所以我说你还缺乏经验。"

"俺缺乏经验,这是没说的。俺的履历书上也写着嘛,俺只有二十三岁零四个月。"

"是啊,所以有时会从意想不到的方面给你当上。"

"只要俺为人正直,谁给俺当上,俺也不怕。"

"你当然是不怕,不过会上当。你的前任不就上当了吗？所以我说，你得多加小心。"

俺忽然想到，怎么"蹩脚帮"这时不吭声了呢？回过头去一看，他不知从什么时候起，去和船老大谈论钓鱼的事去了。"蹩脚帮"不来插嘴，俺和"红衬衫"的谈话也容易得多了。

"俺的前任上了谁的当？"俺问。

"你让我指出是谁，这关系到他的名誉，我可不能说。而且也没有确凿的证据。如果我说了，那我就先缺了理。总之，难得你到这个学校来，如果你在这里搞砸了，那我们把你聘请来的一片苦心，也就付诸东流啦。请你务必多加小心吧！"

"你让俺多加小心，俺没法再加小心呀。只要不干坏事，不就行了吗？"

"红衬衫"呵呵呵地笑了起来。俺并未说什么值得让人笑的事呀。而且直到今日今时，俺一直深信俺这样做人就行了。可细想起来，似乎社会上的多数人，都在鼓励人去学坏，好像认为不学坏，就不会在社会上取得成功似的。偶然碰上个正直、纯洁的人，就挑他的毛病，把他当成不谙世事的哥儿或毛孩子，瞧不起他。要是那样的话，那么在小学和中学里，教伦理的老师就用不着教什么"不要说谎"啦、"要正直做人"啦。干脆下决心在学校教"扯谎术""勿信人妙法""让人上当的秘诀"，等等，倒是对社会、对本人都有用处的了。"红衬衫"呵呵呵地发笑，分明是笑俺的单纯。如果这个社会，谁单纯、坦率，谁就要遭到嘲笑，那还有什么意思呢？清婆在这种时候是绝不会笑俺的。她肯定会十分钦佩地听俺说话。可见清婆要比"红衬衫"高尚得多。

"当然，你不做坏事，那很好。可是只是你自己不做坏事，但却不了解别人坏，你还会上大当的。因为人世从表面上看，似乎很光明磊落，似乎都无私无垢。有些人表面上帮你寻住处，其实你绝不可掉以轻心……啊，有些冷啦，已经是秋天了嘛。海滨笼罩上了黄昏的烟雾，都变成赤褐色啦，景色真美！喂，吉川君，你看美不美，那海岸的景色？""红衬衫"大声地喊"蹩脚帮"。"蹩脚帮"立刻就大敲边鼓说："果然不错，这景色真是妙极啦。如果有时间，我倒想写生哩。太可惜啦，就这么回去。"

当海滨旅社的楼上点起灯光，火车传来呜呜的汽笛声时，俺们乘的这艘船，船头一下子插到海滩的沙里，不动了。旅社的老板娘站在海边上向"红衬衫"寒暄说："您回来得真快。"俺嘴里用力喊了一声"嘿"，便从船帮跳到了沙滩上。

六

俺最讨厌"蹩脚帮"。对于这种家伙，给他拴上块腌菜石，沉到海底去，倒是对日本有好处。俺也不喜欢"红衬衫"说话的声音。他大概是把他那原有的肉声，故意弄成那样柔声细气来装蒜的吧。不管他怎样装蒜，他那副尊容也还是不够格的。爱上他的，恐怕只有马利亚这种人。但是他毕竟不愧是教务主任，比起"蹩脚帮"来，说出的话很令人琢磨不透。回到家仔细回味一下这家伙所说的，好像也很有道理。虽然由于他不肯明说，俺还琢磨不透，不过他好像是说"豪猪"是个坏家伙，要俺多加提防。如果是这样，那就该明确地说出来，真不够格当个男子汉大丈夫！而且"豪猪"如果真是那样坏，尽快把他免职不就结了吗？教务主任这家伙，难为他是个文学士，竟这样没囊没气，就连背地里讲话，都不敢公然指名道姓，可见是个窝囊废。窝囊废对人都是关切的，所以这个"红衬衫"也会和女人一样地对人关切吧？关切是关切，声音是声音，这是两码事儿。虽说俺不喜欢他的那种声音，但是俺总不该辜负他对俺的一片好心呀。话是这么说，可是，这人世真是千奇百怪，俺打心眼儿里讨厌的家伙，偏偏关心俺，俺感到意气相投的朋友，偏偏是坏蛋，这简直是捉弄人。可能因为这儿是偏远的小地方，万事都和东京颠倒的吧。真是个不可粗心大意的地方！说不定猛火还会冻成冰块，石头还会变成豆腐哩。不过，那个"豪猪"看来不太像是鼓动学生来捉弄俺的呀。据说他是个最有威信的教师，所以如果他想干什么，也许啥事儿都能办得到的。不过，先甭说别的，他又何必干那种绕弯子的事儿呢？应该说，他直截了当地找俺吵架，岂不更加省事吗？如果俺碍他的事，他只要对俺直说，"因为是这样这样，你碍我的事了，请你辞职"，岂不蛮好！事情总是好说好商量嘛。如果对方主张得有理，明儿俺就可以辞职。又不是老天爷只在这里养活人。俺不管走到天涯海角，自信总还不至于冻死饿死的。"豪猪"也的确是个不开窍的家伙哩。

俺到这地方来，首先请俺喝冰水的是"豪猪"。让这种两面三刀的家伙请俺喝冰水，这可与俺的颜面攸关呀。俺只喝了一杯冰水，所以只让对方替我付了一分五厘钱。但是一分也罢，五厘也罢，欠这种骗子的情，俺到死心里也觉得别扭。明天俺去学校，还给他这一分五厘钱。俺借着清婆的三块钱，那三块钱一直到五年后的今天，仍未还她。并不是俺还不起，而是俺没想还她。清婆从来也没想过不久俺就要还她，她压根儿也没有算计过俺的钱袋。俺也绝不想像对待外人似的，对她搞什么客气。如果俺这里越是把这件事儿放在心上，那就越是等于不相信清婆的真心，等于玷污了清婆的美意。俺不还，并不是瞧不起清婆，而是因为把清婆看成是自己人。清婆和"豪猪"，虽然压根儿就不能相比，但冰水也罢，糖水也罢，俺受了人家的好处而不言语，就是因为俺把对方当成个人来看待，是出于对他这个人怀有好感的行为。本来只要俺还他那份冰水钱，那就满可以彼此了账。可俺不那样做，俺在内心里感激，铭记着受恩之情，这绝不是金钱可以买到的一种回礼。别看俺是个微不足道的白丁，但总是个有独立人格的人嘛。一个有独立人格的人，向对方表示感激，对方就应该明白这是比一百万两银子还要高贵得多的回礼呀。

俺这个人，始终认为俺让"豪猪"破费了一分五厘，却向他做了比百万两银子还要贵重得多的回礼哪。"豪猪"理当感激俺才是哩。可万不料他却暗地里捣鬼，搞卑鄙的勾当，真是个岂有此理的混账东西！明天俺到学校去还他这一分五厘钱，那就两不相欠了。就这么办，和他干上一场！

俺琢磨到这儿，上来了困意，便呼噜呼噜地睡着了。第二天，由于俺心中有事，到学校去的时间就比平常早了一些，为了去专等"豪猪"，可是他却姗姗来迟。"老秧"已经到了，教汉文的教员已经到了，"蹩脚帮"已经到了，最后连"红衬衫"也来了，但"豪猪"的备课桌上却只是孤零零地躺着一支粉笔，冷清得很。俺原想只要一进教员休息室就立刻把钱还给他，所以就像手里攥着洗澡钱①一样，把一分五厘铜板放在手心里，一直攥到学校里来。俺是汗手，放开

---

① 日本战前公共浴室每洗一次澡只花几分铜板，一般浴客都习惯把铜板攥在手里去浴室。

手一看，这一分五厘钱都变得水淋淋的了。俺心想：如果俺把沾满了汗水的铜板还给"豪猪"，他不定会说出点什么难听的话来，于是俺把铜板放在桌子上，噗噗地吹了一阵，然后又攥到手里。就在这时，"红衬衫"跑到俺的面前来说："哎呀，昨天太过意不去了，让你跟着白跑了一趟。"俺回答说："不是白跑一趟，而是托你的福，饿了一顿肚子哩。"这时，"红衬衫"把胳膊肘支在"豪猪"的桌子上，把他那大圆脸凑到俺的鼻子旁边来，俺还想他这是要做什么呀，原来他是要对俺说："喂，昨天临回来的时候，在船上谈的事，你可不要对任何人说呀。你大概还没有对任何人说吧。"正因为他说话的声音柔声细气，所以看来是个容易犯嘀咕的人。俺的确还没有向任何人说。不过，俺已经把一分五厘钱准备在手心里，目的就是想回头把这件事说出去嘛。已经到了这种节骨眼上，"红衬衫"来拦阻俺，不让俺说，这怎么行呢。"红衬衫"这家伙也真怪，尽管他没有指明是"豪猪"，但他打的那个哑谜，让人一猜就猜到了，现在突然说出戳穿这个哑谜会对他不利的话头来，这是不负责的，简直不像个教务主任的样子。按理说，俺和"豪猪"开战，在枪来刀去的时候，他就该出面，堂堂正正来支持俺。只有这样，他才算得上全校的教务主任，才够得上穿红衬衫的意思呀。

俺告诉他说："俺还没对任何人说，不过，俺打算马上和'豪猪'搞个水落石出。""红衬衫"听了，狼狈不堪地说："你可不要这样胡来。我可并没有对你明确讲过堀田君的什么事儿——如果你在这儿乱来，会给我带来很大麻烦的。你总不至于是为了把学校搞乱才到这儿来的吧。"他对俺发出了超乎常识的质问。于是俺说："那自然喽，如果一方面领薪水一方面又闹乱子，那学校方面当然难办了。"于是"红衬衫"说："既然这样，昨天的事只供你参考，千万不要说出去啊。"见他急得直冒汗，正式恳求俺，俺就向他保证说："那好，这一来，虽然俺不太好办，但既然会给你带来那样的麻烦，那俺就不对人说啦。"红衬衫又叮问说："老兄，可一定啊？"俺真不知道他这个人要女人气到哪儿是一站。要是所谓文学士都是这样一群货色，那可太无聊啦。他向你提出前言不搭后语的、缺乏逻辑的要求，却丝毫也不脸红。而且还不相信俺。对不起，俺是个男子汉啊，怎能把答应下来的事，又转过脸去当成废纸呢？俺可不是那种专打卑鄙算盘的小人啊！

这时，两旁桌子所有的主人都到齐了。"红衬衫"便匆匆地回到他自己的位置上去。"红衬衫"连走路都装腔作势，就是在屋子里走个来回，也轻踮着脚，不出一点声响。俺还是第一次知道，不发出一点声响走路，也可以成为一种自鸣得意的理由哩。又不是练习去做贼，满可以按照正常人那样子走路嘛。不久，上课的喇叭响了。"豪猪"终于没有到校，俺无奈之下把一分五厘钱放在桌子上，上课去了。

由于讲课的需要，第一堂课，俺下课回来得稍微晚了一点。回到休息室来一看，其他教师都坐在桌子前谈着话，"豪猪"也不知什么时候到校来了。俺以为他今天请假，原来是迟到了。他一看见俺，立刻就说："今天都是为了你的缘故，才迟到了，罚你拿出点钱来吧。"俺把桌子上的一分五厘钱拿起来说："给你这个，你收下吧。这是上次在大街喝冰水的钱。"说着把钱放到"豪猪"面前。"你胡扯些什么呀？""豪猪"刚要笑，看到俺十分严肃的样子，便将钱一把推还到俺的桌子上来说，"别开无聊的玩笑！"奇怪，别看他是个"豪猪"，倒真是打算请客到底哪。

"不是玩笑，是真格的。俺可没有让你请喝冰水的命，所以还你。你没有道理不收下。"

"如果你真那样把一分五厘搁在心上，我收下也可以，不过你为什么突如其来地，到了现在才突然想还给我哪？"

"现在也罢，什么时候也罢，反正就是要还你。俺不要你请客，就还嘛。"

"豪猪"哼了一声，冷冷地看了俺一下。要不是"红衬衫"要求俺不要说，那俺就立刻把"豪猪"的卑鄙行径，全抖搂出来，和他狠狠吵上一架。但是由于俺已答应不说，结果俺可就非常被动啦。俺这边这样脸红脖子粗的，你却只哼了一声，像话吗？

"冰水钱我收下，请你从住处给我搬出去！"

"你只要收下，就没有说的啦。至于俺从住处搬不搬出去，那是俺的自由。"

"可你自由不了。昨天你那里的房东来说，他要你搬出去。我问什么缘故，你那房东说得蛮有理。虽然如此，我为了弄清情况，今天早晨又到那儿去了一趟，问了个详细才来的。"

俺弄不懂"豪猪"说的是什么意思，便说："房东向你说了些什么，俺怎么知道？你怎么能这样自作主张？如果有什么缘故，那就应当先说出缘故来嘛。你不问青红皂白，就说什么房东说得蛮有理，这种极端无礼的话，你少说！"

"好，那我就说给你听。你尽胡来，你的房东拿你没办法。尽管她是房东的老婆，但总和女用人不同呀。你伸出腿去让人家给你擦脚，自大得太过分啦。"

"俺多咱让房东的老婆给擦脚啦？"

"你究竟让她擦过没擦过，我不知道。总之，对方对你不满意。人家说，你给的那点子房钱，就那么十块、十五块的，只要卖出去一幅画，马上就会捞回来的。"

"简直是个胡诌八扯的混蛋！既然那样，他当初为什么把房子租给俺？"

"我不知道他为什么租给你。可现在他不愿意租啦，所以要你搬出去。那就请你搬出去！"

"那自然喽，就是他给俺磕头留俺，俺还不住哪。不说别的，就拿你说，你给俺介绍那种胡找茬儿的地方，就是岂有此理！"

"是我岂有此理，还是你不老实？真是天晓得！"

"豪猪"和俺差不多，也是个爱动肝火的人，所以他也毫不示弱地大声嚷嚷起来。休息室里的一大群人，不知道发生了什么事儿，都拉长了下巴，看着俺和"豪猪"两个人发呆。俺问心无愧，便站了起来，同时环视了一圈屋子。大家都感到吃惊，其中唯独"蹩脚帮"似乎蛮有兴致地笑着。当俺的大眼珠儿射向"蹩脚帮"那干瓢似的面孔，带着一种气势汹汹的神气质向他"怎么你这家伙也打算吵架吗"时，"蹩脚帮"的表情一下子严肃起来，装出十分老实的样子。看来他是有点害怕了。这期间，喇叭响了，"豪猪"和俺中止了争吵，到教室上课去了。

下午开会，讨论前一天晚上对俺捣蛋的住宿生的处分问题。会议这种玩意儿，有生以来，俺还是第一次参加，所以怎样个开法，一无所知。俺想，大概是由教员们凑到一起，每个人胡乱地发表一通自己的见解，然后由校长马马虎虎地来个总结吧。所谓总结，是指有些事情难以决定是非，才使用的一种说法。像眼下这种情况，不管由谁来看，都只能认为是个毫无道理可言的事件，却把它拿来"会议"一番，这简直是消磨时间。不管谁怎样解释，都绝不会生出不同的见解来。既然事情已经这样明明白白，只要由校长当机立断处理完了也就行了。还要开这么个会，真是缺少决断。如果所谓校长都是这样，那么简便地说，它不过是优柔寡断的、拖拉扯皮的别名罢了。

会议室是间窄长的屋子，位于校长室的隔壁，平时兼做饭厅。有二十张左右鞔着黑色皮革的椅子，排在桌子的四周，有点像神田①西餐馆的样子。校长坐在桌子的一端，"红衬衫"占据着校长旁边的位置。据说其余的人可以随便就座，唯独那个体操教员，总是谦虚地坐在末座。俺不懂应该怎么坐，便钻到博物教员和汉文教员的中间坐下了。看了一下对面，"豪猪"和"蹩脚帮"紧挨着。"蹩脚帮"的长相，无论你怎么看，都是下贱得很。即使和俺吵过架，"豪猪"的长相，也比他有意思得多。记得在俺老爷子办丧事的时候，在小日向的养源寺客房里挂着一幅人物画，画中的人

---

① 神田：当时东京的一个区名。

物就和"豪猪"的这个长相非常相似。当时俺问过和尚,据说是叫做韦驮①的怪东西。今天"豪猪"在恼火,他咕噜咕噜转动着眼珠,不时地看俺,俺才不会被他这套吓倒呢。俺想,俺也绝不会输给你,于是也不停地转动着眼珠,回瞪了"豪猪"。俺的眼睛长得虽不好看,但在大小方面,还不至于落在一般人后面。甚至连清婆都时常说:"少爷您的眼睛很大,所以您当演戏的,肯定是很合适的。"

校长说:"是不是大家都到齐啦?"于是一个姓川村的书记员便一位、两位地数起人头来。短一个人。于是他寻思说:"还缺一位哪。"当然要缺一位,"老秧南瓜"先生没有到嘛。俺和"老秧"君,也不知是个什么缘分,自从看到此君以后,总是不能忘怀。只要一去休息室,"老秧"君就马上映入眼帘。即使走在路上,"老秧"先生的影子也总是浮上心头。当俺去温泉的时候,"老秧"君也经常面色苍白地泡在浴池里。俺打个招呼,对方总是毕恭毕敬地答应一声"唉",然后低头为礼,使人觉得他这个人怪可怜见的。在学

---

① 韦驮:古代印度神话中的神。佛教护法神,增长天王的八将之一。

校的时候，再也没有比"老秧"君更老实的人啦。他既难得一笑，也很少多嘴。俺从书本上得知有"君子"这个词儿，但俺认为这只不过是"词典"中有罢了，活生生的君子，是不会有的。当俺遇到"老秧"君以后，才使俺真正叹服，原来这是个实有所指的词儿哩。

由于"老秧"君是个和俺关系这样密切的人，所以当俺一进会议室，立刻就注意到了他不在。说老实话，俺来到会场，原打算坐在他这个人下边的位置上，暗中以他作为俺就座的标识的。校长说了句"缺席的先生不久就会到的吧"，便解开了他前边的紫绢包袱，读起一种好像是誊写版印的东西来。"红衬衫"用手绢开始擦起他的琥珀烟嘴。这是这个家伙的一种癖好，也许是正合乎"红衬衫"的身份吧。其他一些人，都在和邻座的人小声地谈论着什么。那些无所事事的人，便用附在铅笔上的橡皮帽，在桌子上不断地画着什么。"蹩脚帮"几次和"豪猪"搭话，"豪猪"却根本不理，只是嗯一声、哈一声。有时立愣着眼睛朝俺这边看。俺也回瞪他，绝不示弱。

就在这时，等得已久的"老秧"君，可怜巴巴地走了进来，恭恭敬敬地朝着"狗獾"打招呼，说："有点小事情，来晚啦。""狗獾"于是宣布说："那么现在开会。"便让书记员川村君派发誊印的文件。俺一看，开头的一项是"处分问题"，下一项是"学生管理问题"，另外还有两三条。"狗獾"用他那一贯装模作样的态度，摆出自己就是教育化身的架势，做了如下意思的讲话："学校教职工和学生每出现过错，皆由本人寡德所致。每当发生某种事件，我本人总是不胜惭愧，反躬自省，是否能胜任校长之职。不幸，今回又惹起这种骚乱。我必须向诸君谢罪。然而，事情既已发生，已难挽回，必须做出某种处分。事实已如诸君所知，有关如何善后这一问题，为了参考各种意见，请毫无保留地发表高见。"

俺听了校长的话，心里不禁佩服地想：果然不错，所谓校长也罢，"狗獾"也罢，说起话来的确冠冕堂皇！校长既然这样负起全部责任，说什么"是自己之咎、之不德"，那么还不如干脆把处分学生的事先搁起来，自己先请求免职为好。如果那样，也就没有必要开这种麻烦的会了。首先，从常识说，也可以明白。俺是循规蹈矩地在值宿，是学生在胡闹。犯错误的，既不是校长，也不是俺，压根儿就是学生。

如果是"豪猪"煽动的，那么只要把学生和"豪猪"开除就行了。天下哪有自己去替别人揩屁股，还要卖弄说"这是俺的屁股、俺的屁股"的家伙呢？这种事，假如不是"狗獾"，是绝对干不出来的。他发了一通这样不合道理的议论之后，又自鸣得意地环视了一下众人，可大伙儿谁也不开口。教自然课的教员在眺望着落在第一教室屋顶上的乌鸦，教汉文的教员在把誊印的文件折过来折过去，"豪猪"仍在瞪视着俺。如果所谓会议就是这样一种无聊的东西，那么还不如请假在家睡上它一通午觉，要好得多哪。

俺再也按捺不住了，刚抬起一半屁股想要讲它一通，可就在这时，"红衬衫"已开始讲话了，俺只好不讲。俺一看，他已经把烟嘴收起，一边用带有条纹的绸手绢擦着脸，一边说。那块手绢肯定是从马利亚那里连蒙带骗弄来的。男子汉应该使用白麻布手绢嘛！——"听到住宿生的越轨行为，我作为教务主任，也感到有疏漏之处，同时也深为平时自己的德化未能及于少年，而深感惭愧。我以为，此次事件，是有某种缺陷始行发生的。如果单看事件本身，似乎只是学生方面有错误。不过，追究起内情来，责任也许反而在学校方面。因此嘛，如果只是就浮在表面上的现象给予严厉处罚，很可能反而招致将来不良的结果。而且少年血气方刚，活泼好动，缺乏判断善恶的能力，很可能乃是半无意识地干出这种淘气的举动。因此，如何处罚，当然应由校长进行考虑，不是我所能置喙的。不过，希望充分考虑这种情况，尽可能予以从宽处理。"

果然，"狗獾"不愧为"狗獾"，"红衬衫"也不愧为"红衬衫"，他们居然讲出学生胡闹，不是学生的过错，而是教员的过错这种话来。疯子打了别人的脑袋，是因为被打的人不好，所以疯子才打的。真是难得的幸运！假如他们的活泼好动无处发泄，那可以到操场去摔跤嘛。俺的被窝里被半无意识地塞进蝗虫，谁受得了？按这样下去，如果人家正在熟睡的时候，脖子挨上一刀，大概也会说是半无意识的举动，准备无罪释放吧。

俺这样想以后，便考虑该说些什么。俺想，不讲则已，讲了，就应该滔滔不绝地大讲一番，否则就没有意思了。俺这个人的毛病，在生气的时候讲话，总是说不上三言两语就没词儿了。"狗獾"和"红衬衫"从人品说，比俺差得远，但在嘴头子上,却都能言善辩,如果俺说得不妙,让他们抓了小辫子,那可就糟糕了。俺想,俺得在心里先打个腹稿,于是便在内心做起文章来。就在这时,坐在对面的"蹩脚帮"突然站了起来,使俺吓了一跳。他不过是个"蹩脚帮",居然也要发表意见,真是不知天高地厚。"蹩脚帮"用他那一贯的油腔滑调说:"这次蝗虫事件以及呐喊事件是个出乎意料的事件,足以使我等有心的教职员,为我校未来之前途,深怀忧惧之念。我等作为教职员,此际必须大力反躬自省,以整肃全校风纪。因此,适才校长和教务主任所论,其想法实为中肯、剀切之至。我百分之百地表示赞成。我请求尽量给予宽大处理。""蹩脚帮"的发言,不能说它不是语言,但内容却空洞无物,只是罗列了许多汉语,令人莫明其妙。俺听懂了的,只有那句"百分之百地表示赞成"。

俺虽然听不太懂"蹩脚帮"所说的内容,但却非常生气。于是在俺的腹稿还未打好之前,就霍地站了起来。俺说了句"我百分之百地反对"后一时接不上来,便又加上了一句:"这种牛头不对马嘴的处理意见,我讨厌!"到会的全体教员于是哄堂大笑起来。"说起来,学生极坏,必须让他们承认错误，否则就会养成他们的坏毛病。开除他们也没啥关系……真岂有此理，以为是新来的教员，就……"俺说到这儿便坐下了。这时，坐在俺右边的、教自然课的教员，发表了令人泄气的意见说："学生有错嘛是有错，不过如果加以过重的处罚，反而会引起反作用，恐怕不太好。还是遵照教务主任的高见，我赞成从宽。"左邻的汉文教员则表示赞成温和解决的做法。历史教员也表示和教务主任同一意见。真可恨，多数人都是"红衬衫"的一党！如果尽由这些家伙凑在一起，主持学校，那倒敢情省心啦。俺早已下定决心，要么让学生承认错误，要么俺辞职，两者只能择一。所以，如果"红衬衫"操了胜券，那俺马上就回住处去卷铺盖，反正俺缺少用口舌之争来使这帮狐群狗党认输的本事。即便他们认输了，今后长远和这些老爷们共事，俺也是敬谢不敏的。如果俺不在学校教书了，无论他们怎样处理，俺才不管呢！而且，俺一说话，他们肯定又会哄笑，于是俺沉住气，决心不再发言。

就在这时，一直沉默着的"豪猪"，激奋地站了起来。俺想：这家伙也是对"红衬衫"表示赞成的吧。反正俺和你是冤家对头，随你便吧。俺正这样想着，就听得"豪猪"用他那震得玻璃窗都为之作响的大嗓门说："我对教务主任和其他先生们的意见，完全不能同意。我之所以这样说，是因为这一事件不管从哪点来看，都只能认为是五十名住宿生瞧不起新来的某位教师，企图加以捉弄的一种行为。教务主任似乎企图把它的原因归于教师的人品如何，对不起，我认为这很可能是教务主任的失言。某先生这次担当值宿，是到校后还没有多久的事，和学生接触还不满二十天。在这短短的二十天里，学生是无从鉴别这位先生的学问、人品的。假如有什么真正值得学生侮弄的最正当的理由，从而受到学生的侮弄，那么对学生的行为，还多少有些可以斟酌的理由。但是，并无任何原因，就宽恕这些捉弄新来教师的、举动轻率的学生，我认为这将关系到学校的威信。教育的目的，并不只是授予学问，而是在于：一方面要鼓励高尚的、正直的、武士式的情操，同时还要清除下流的、浮躁的、粗野的恶劣风气。如果我们尽说些姑息的话，什么害怕招来反作用啦，什么乱子还会闹大啦，那么不知要到什么时候，才能纠正这种恶劣的风气。我想，正是为了杜绝这种恶劣的风气，我们才执教于本校，如果对此置若罔闻，那还不如压根儿不当教师的好。根据上述理由，我认为最公平的处分是，在严加处罚全体住宿生的同时，还应使他们在该教师面前公开表示歉意。"说完之后，他便咚地坐到了原来的位置上。全体到会的人鸦雀无声，谁也不说一句话。"红衬衫"又开始揌起他的烟嘴来。俺可真高兴啦！这就好像俺所要说的，"豪猪"整个替俺说了似的。直肠子的俺，把刚才的吵架忘到了九霄云外，脸上带着非常感激的表情来看就了座的"豪猪"，"豪猪"却毫不理睬俺。

过了一会儿，"豪猪"又站起来了，他说："刚才有点疏忽，忘了说件事情，现在讲一讲。听说那天晚上的值班人员，在值班期间外出，到温泉去了，那是很不应该的。明明承担了全校留守的任务，却利用没人拦阻，千不该，万不该，偏偏去温泉这种地方洗澡，这是很不得体的。学生问题作为学生问题来处理，关于这个问题，希望由校长向责任人提请他本人注意。"

真是个怪家伙！刚刚夸了俺一顿，紧接着又揭人家的短。由于俺知道前一个值班者是到外边去逛的，所以便漫不经心地认为这是惯例，于是到温泉去了。现在经他这么一说，的确是俺错了，受到指责也难怪。于是俺又站起来说："我的确是在值班期间到温泉去了。这错了，我认错！"说罢俺又坐下，全体又哄堂大笑起来。只要俺一说什么，大家就笑。真是一群无聊的家伙！你们这帮家伙，能做到对自己的错误，这样公开地承认说"我错了"吗？你们是不敢，所以就笑啊，笑啊。

随后，校长说："大体上诸位已经没有什么意见了，我要充分加以考虑之后，再进行处理。"——这里，让俺顺便提一下后来这件事的处理决定：住宿生禁止外出一周，此外还当面向俺道了歉。假如不道歉，俺早就辞职回家了。糟糕的是，由于按俺的要求办了，终于出现了更大的乱子，这点回头再说。且说，校长接着美其名曰"这是会议的继续"，说了这样一段话："学生的纪律，必须在教师感化下来进行维护。作为第一步，希望教师尽可能做到不出入饮食店。当然，举行欢送会的时候，那自当别论。总之，希望个人不要到不太高级的饮食店去——比如说吧，荞麦面馆啦，糯米团子店啦——"当校长刚说到这儿，大家又哄堂大笑起来。"蹩脚帮"朝着"豪猪"递了一个眼色，说："还有炸虾面。""豪猪"没搭理他。真活该！

俺头脑笨，对"狗獾"说的那套话不太明白。不过，俺想：如果到荞麦面馆啦、团子店去，就不配当中学教员，那么像我这样喜好吃的人，的确是无法做到。假如真需要那样，也未尝不可，那就应该从一开始就提出要聘请讨厌荞麦面和糯米团子的人。事先一声不吭地给你下了委任状，然后宣布不准吃荞麦面，不准吃团子，这种缺德的命令，对俺这种别无其他嗜好的人来说，是个非常大的打击。这时，"红衬衫"又开口了："本来，中学的教师，是列身于上流社会的，故此，不应只追求物质上的享受，如果沉溺于此，就必然会造成品位上不良的影响。不过，人总是人嘛，如果没有什么娱乐，到这种偏僻的小地方来，是很难生活下去的。所以去钓鱼啦，读读文学书啦，或者写点新体诗和俳句啦，总之，必须寻求高尚的精神娱乐……"

俺一声不吭地听着，他就更加胡吹乱嗙起来。如果到湾口去钓"肥料"，把"缟尔基"说成是俄国的文学家，让嫖熟了的艺妓站到松树下面去，让青蛙跳进沉沉的池水里去①……诸如此类，是什么精神娱乐，那么吃上一顿炸虾面，吞下几个糯米团子，也是精神娱乐呀。用不着由你来教俺那种无聊至极的娱乐，还是洗你那"红衬衫"去吧！俺越想越恼火，于是问他说："和马利亚幽会，也是精神娱乐吗？"这一次谁也没有笑，都做着怪相，互相递着眼色。"红衬衫"本人尴尬地垂下了头。果然，这一招还真灵哩！可怜的是"老秧"君，俺这么一说，他那苍白的面孔，就更加苍白了。

七

俺当夜就从住处搬出来了。当俺回到住处，开始捆行李时，女房东说："是不是有什么不周到的地方？如果惹您生气了，只要您说，我们就一定改。"好家伙！这可真怪啦！人世上为什么尽是这些不得要领的人呢？简直让你无法明白是希望你搬出去呢，还是希望你留下来？简直是群疯子！把

---

① 这是利用日本"俳圣"松尾芭蕉的名俳"沉沉潭水深，青蛙跳入，一刹水声闻"，来借指"红衬衫"提到的俳句。

这号人当作吵架的对象，只能是俺"江户儿"的耻辱。所以俺二话没说，找来车夫，就搬了出来。

搬是搬出来了，可往哪儿去呢？俺并没有明确的打算。车夫问："上哪儿去？"俺说："甭管，随俺来！马上你就知道。"说着，快步向前走去。俺也想过：为了省事，还是先搬回山城屋去，可以后还得搬出来，实际反倒费事。俺想，就这样往前走吧，走着走着，自然会碰上公寓或看到贴有出租房屋的招贴之类的人家，那俺就把它看作是天意授给俺的住处好了。于是俺便在看上去比较清静而又适于俺住的地方绕来绕去，终于来到了铁匠街。这一带都是士族①宅邸，不像是个会招租的区域，于是俺又想，还是折回到更热闹一点的地方去。忽然，俺想出了一个好主意来。俺所敬爱的"老秧"君，就住在这条街上。"老秧"君是当地人，占着祖祖辈辈传下来的一所宅子，所以他肯定会知道这条街的情况。向他打听一下，说不定会给俺介绍个合适的住处。幸而俺曾经一度到这儿来看望过他，了解他住在哪儿，无须费事去现

---

① 士族是指明治维新前武士阶级的成员。

找。俺模模糊糊地记得仿佛是这家，喊了两声"有人吗，有人吗"，从屋里走出来一个五十岁左右的老妇人，点着一根老式的纸烛①。俺对于年轻女人，固然也不讨厌，不过，一看见年老的妇人，总觉得很亲切。这多半是因为俺喜欢清婆，所以她的魂儿附到了所有婆婆身上的缘故吧。这个老妇人大概是"老秧"君的母亲，是个剪着短发、神态雍容的妇人，长得很像"老秧"君。她说："请上来吧。"俺说："请他出来一下就行了。"俺把"老秧"君唤到房门口，将原委告诉了他，说："你是否能想起有什么合适的地方？""老秧"先生说："您没了住处，可真为难啦。"然后想了半天说："在这条后街上，住着一对姓荻野的老夫妇，只是老两口儿过活。记得他们曾经有一次托过我说：'那间客厅，空着也是白空着，如果有可靠的人，租出去也可以，请帮忙介绍一下。'不知道现在是否还要出租，咱们一起去问问吧。"说着便把俺热心地领去了。

当天晚上，俺便成了荻野家的房客。使我吃惊的是，俺

---

① 纸烛：日本过去的室内照明用具之一，用纸捻儿浸油点燃作照明用。

从"假银"的那间房搬出来后,第二天"蹩脚帮"就顶替了俺,满不在乎地占据了俺住过的那个房间。连俺这样的人,也感到这太不像话了。说不定人世上全是骗子,都在你骗我、我骗你吧。真使俺烦死啦!

如果人世上真是这样,那么俺也必须毫不示弱,按照世间流行的做法去做,否则就受不了。难道不去将扒手扒来的钱,再去打个抽头,三顿饭就无法到口?如果情况竟是这样,那么活着这件事,也太值得考虑了。话虽如此,像俺这样结实得活蹦乱跳的身体,如果去上吊,不但对不起祖宗,而且名声也不好听呀。细想起来,当初如果不进物理学校学数学这种没用的玩意儿,而是用那六百块钱开个牛奶铺什么的,那反倒好了。若是那样,清婆也不用离开俺的身旁,俺也无须从千里之外惦念她了。俺和她在一起的当儿,并不感到她怎样,可到了这穷乡僻壤来,就感到清婆真是个大好人。像她那样秉性善良的妇女,即便找遍了整个日本,也未必轻易找得到。清婆在俺到这里来的时候,正有点感冒,不知道她现在怎样了。她如果看了前一阵子俺给她的信,肯定会高兴的吧。而且,也应该来回信啦——俺两三天来一直在想着这个事儿。

由于放心不下,俺不断问房东婆婆,有没有东京来的信。每次问,她都遗憾地回答说:"一封信也没有。"这儿的老夫妇和"假银"不同,原本都是士族出身,所以双方都给人一种人品高洁的印象。老头儿每到晚上,都要怪声怪气地唱段谣曲①,虽然这使俺有点受不了,但不像"假银"那样,动不动就到俺的房间里来一通"我来沏壶茶吧",所以俺住在这里轻松多了。婆婆时常到俺的房间里来讲东讲西,向俺提出"为什么您不带太太一起来哦"之类的问题。俺说:"您看俺像个有太太的人吗?天可怜见,俺还不过是二十四岁哩。"可婆婆先摆出一番大道理说:"您二十四岁,娶了太太是极其自然的事儿哦。"然后举出了半打的例子,来反驳俺说,某处某处的谁,二十岁就娶了妻子啦,某处的某某人二十二岁就已经有了两个孩子啦。这真使俺无言以对。于是俺故意学着当地土话求她说:"那俺也要二十四岁娶媳妇儿喽,您给俺保个媒哦!"婆婆一本正经地问道:"真

---

① 谣曲:日本能乐中的唱段和相当于念白的台词。也指能乐的脚本。

的哦?"

"什么真不真的,俺想娶老婆,想得要命哩。"

"是那样哦!年轻的时候,谁都是那样哦!"婆婆的这种应对,使俺感到不胜惶恐,简直无法搭腔了。

"可是,老师您早就有太太咧。我清清楚楚,早就暗中猜到哦!"

"嗄!真好眼力,你怎么暗中猜到的?"

"您还问为什么!您不是总问'东京有信来吗,有信来吗',这还不是每天都在焦急地盼她的信吗?!"

"好家伙!真是好眼力!"

"猜着了哦,是不是?"

"嗯,很可能猜对了呀。"

"可是,现在的妇道人家,可和过去的不同,一点也大意不得,所以您最好多加小心哦。"

"你的意思是说,俺的太太在东京搞出个相好的来啦?"

"不,您的太太还是靠得住的。"

"这俺总算放心啦,那你让俺加什么小心哪?"

"您的,靠得住——您的靠得住的,不过——"

"你是说在别的地方,有靠不住的吗?"

"在这儿,就有不少哪。老师,您认识远山小姐吗?"

"不,不认识。"

"您还不认识哦。您要知道,她是这儿第一号的美人哦。因为她长得太美啦,所以学校的老师们都管她叫马利亚,您还没听说过哦?"

"唔,原来她是马利亚呀,俺还一直以为是艺妓的名字哪。"

"不,您听我说,马利亚是洋人的话,大概就是美人的意思哦。"

"也许是这样吧,喔,真想不到!"

"多半是教画的老师给她起的名字哦。"

"原来是'蹩脚帮'起的呀。"

"不,是那位吉川先生给起的哦。"

"就是那个马利亚,是靠不住的吗?"

"就是那个马利亚小姐,是个靠不住的马利亚小姐哦。"

"真糟糕,带有绰号的女人,自古以来,就没有好东西嘛。很可能她也是这样的人呀。"

"真是这样的哦。什么鬼神阿松①,什么姐妃阿百②,就是这样可怕的女人哦。"

"马利亚也是和她们一样的人吗?"

"就是那个马利亚,您要知道,对啦,那个把您介绍到这儿来的古贺先生哦——她本来说好要嫁给那位先生的哦——"

"嗄!真奇怪呀。俺没想到那位'老秧'君竟有这样的艳福。真是人不可貌相。今后俺可得仔细着点儿哪。"

"可是想不到,去年他府上的老太爷去世啦——过去,又有钱,又有银行的股票,一切都顺顺当当的——可打那以后,也不知怎么啦,一下子日子过落啦——也就是说,古贺先生为人太善良,受骗了哦。左一档子事儿,右一档子事儿的,把婚礼给拖下来了。就在这时,那个教务主任掺进来说,无论如何也要娶她哦。"

---

① 鬼神阿松:日本江户末期出没于磐城笠松岭的女贼,被写进当时的戏曲、小说等文艺作品中。
② 姐妃阿百:日本江户中期的女性。原为妓女,后为一个武士之妾,该武士又将她献给秋田藩的藩主,造成内乱。小说戏曲多取材于这一事件。

"就是那个'红衬衫'？真不是东西！俺早就认为那个'红衬衫'不是个简单的'红衬衫'。以后呢？"

"他托人给他捏合。因为远山家已经和古贺家有言在先，当然无法立即回复——只能用容再商议之类的话来应付他哦。可想不到'红衬衫'先生却通过门路，和远山家走动起来，您猜怎么着？终于把远山小姐给说动了心哦。'红衬衫'先生固然不像话，可远山小姐也够瞧的，大家都在耻笑她呀！分明已经答应嫁给古贺先生了，就是因为一位学士老爷出现啦，就向那边跳槽，这样做，对不住今天老爷儿①哦。"

"真是对不起今天老爷儿哩。岂止是今天老爷儿，就是明天老爷儿，后天老爷儿，不管到多咱，也是绝对对不住的哩。"

"就这样，古贺先生的朋友堀田先生，认为古贺先生太可怜啦，于是去找教务主任，提了意见，可'红衬衫'先生却说：'我并无意去抢夺人家已有婚约的人，如果他们废除了婚约，那我也许娶她，可现在，我只不过是和远山家

---

① 今天老爷儿：当地方言，意谓"老天爷"。

来往罢了。我和远山家来往，不见得会有什么对不起古贺先生的地方吧。'——堀田先生只好无可奈何地回来。打那以后，人们都说'红衬衫'先生和堀田先生两人的关系就不妙了哦。"

"你知道的事情真多哩。怎么会知道得这么详细呢。俺真佩服！"

"因为是小地方哦，什么都知道的。"

她知道得太多，简直出了圈儿啦。说不定连俺的"炸虾面"和"团子"的事儿她都知道呢。这真是个多事的地方！但是，多亏了她，使俺明白了"马利亚"是什么意思，也明白了"豪猪"和"红衬衫"的关系，使俺这后学之徒大开眼界。只不过不好办的是，弄不清楚究竟是谁好谁坏。对俺这样头脑简单的人来说，如果不给俺分出个孰是孰非，俺简直不知道向着哪边好。

"你说说，'红衬衫'和'豪猪'，哪一个是好人？"

"您说的'豪猪'，指的是什么哦？"

"'豪猪'指的就是堀田呀。"

"要说有能耐，那当然是堀田先生。不过，'红衬衫'先生是文学士，能多挣钱。还有，要讲温柔，也是'红衬衫'先生温柔。说到学生间的威信，听说是堀田先生的好哦。"

"那你说，他们到底哪个好？"

"就是说，那薪水多的，总是了不起哦。"

照这样子，就是再问也难问出个名堂来了。俺也就不再问了。又过了两三天，俺上完课回来，婆婆笑嘻嘻地送来了一封信，说："嘿，您等的信，这下可来了。您慢慢地看吧。"说罢，就走了。俺拿起一看，是清婆给俺的信。信封上贴有三张便条，仔细一看，原来是由山城屋转到"假银"家，由"假银"家又转到荻野这里来的。不但如此，这封信还在山城屋停留了一个星期。大概正因为它是旅馆，所以连信都要让它睡上一个星期的觉吧。拆开一看，信写得很长①："接哥儿您的信后，我本想立刻写回信，不巧正患感冒，足足躺了一个星期，所以回得晚了，对不起。再说，我不像现在的小姐们那样，能读会写。别看我的字写得这样难看，可写起来还是十分费劲的。我本想让我的侄儿代写，可

---

① 日本的旧式书信，都用卷纸写，故这里有"很长"一说。下文又有"足写了四尺来长"，其原因亦在此。

我又想，好不容易给您写信，如果不是我自己亲自动笔，那就对不住哥儿您，所以我特意起了一个草，然后又誊了一次清。誊清用了两天就够了，可起草却用了四天。也许这字您很难辨认，不过，这已经是我使出最大力气写的，请您务必从头到尾看完。"以上是这封信的开头部分，下边左一句右一句，足足写了四尺来长。的确是很难辨认，不只是字写得不整齐，而且全文大部分是用平假名写的。只为了辨认出句子断在哪里、连在哪里①，就要花很大力气。俺本是个动不动就起急的脾气，像这种又长又难认的信，就是有人给俺五块钱求俺读它，俺也绝不肯读的，可唯独这次，俺却认真地从头到尾读了一遍。读是读了，但由于读起来非常费劲，意思连贯不起来，所以又从头读了起来。房间里稍微有点暗了些，比刚才更难看清，俺终于走到了前廊的边儿上，坐在那里仔细地拜读起来。这时，初秋的风，拂动着庭院里芭蕉的叶子，一直吹到俺裸露在衣服外边的肌肤上，然后又反刮回去，把俺正读着的信，向庭院方向吹动着，最后刮得四尺多

---

① 古代日文由于没有标点符号，所以不断句，这里即指此。

长的"卷纸"呼啦呼啦作响。假如俺稍一松手,就很可能被刮到对面的篱笆上去。俺顾不得这许多,把心思都放在清婆的信上:"哥儿您的性情,像劈竹竿一样,非常爽直,不过您太爱发火,这点是最使我放心不下的——您给别人乱起外号,起外号,会招来别人的怨恨,您千万不要胡乱给人起外号了。如果您起了,只在来信中向我说说就行了——听说地方上的人,为人坏,您要注意,别让人给您当上——就连气候,肯定也不像东京这里调和,睡觉注意,不要着凉,别弄感冒了。您的信写得太简短了,我无法知道您的详情,下次来信,请您至少也要写这封信的一半长才好。哥儿您给了旅馆五块钱小费,这虽然可以,但您是不是后来手头就短缺了?您到地方上去,唯一可依靠的只有钱,所以应当尽量节省,以备万一。您也许手头缺零钱用,现寄去十块钱——从前哥儿给我的五十块钱,我准备将来哥儿回东京挑门立户的时候,拿它做点小补,把它存在邮局里了,就是取出这十块,也还有四十块钱,所以不要紧的。"——果然不错,女人总是心细得很哩。

俺坐在廊子边缘上,让这封信在风里吹动着,深深陷入了沉思。这时，荻野婆婆推开纸门，拿晚饭来了，她说："您还在看信哦。嗖，真长的信哦。"俺连自己也觉得含糊其辞地回答她道："是啊，非常重要的信嘛，所以让风刮了又读，刮了又读的嘛。"然后便坐到了小饭桌前。看饭菜，今晚的菜又是煮白薯。这家比"假银"待人知礼又亲切，而且人也很有品格，可惜的是，吃的东西太差。昨天是白薯，前天是白薯，今天又是白薯。固然，俺是公开说过，喜欢吃白薯，可是这样接二连三地给俺白薯吃，俺的性命恐怕难保了。不用说去嗤笑"老秧"君啦，就是俺自己，在不远的将来，也准得变成"老秧白薯"先生喽。这种时候，如果是清婆，准能让俺吃上最爱吃的金枪鱼生鱼片或者酱油烤鱼糕，但遇上这种穷士族的吝啬鬼，也就只好认啦。看来，是非得和清婆在一起生活才行。假如在这所学校真的能长待下去，俺一定把清婆从东京接来。吃炸虾面不准！吃糯米团子也不准！只准许你待在住处整天吃白薯，吃得脸色蜡黄！这教育者可真难当啊！就是做个禅和尚，也比这有口福吧——俺把一碟煮白薯"报销"了以后，便打开抽屉拿出两个生鸡蛋，在碗边上磕开，总算勉强把这顿饭对付过去了。不吃个鸡蛋什么的补充补充营养，怎么能够一个星期上二十一节课呢？

今天为了读清婆的信，去温泉洗澡的时间推迟了。但是每天去洗惯了，缺一天总觉得不舒服，俺想这次坐小火车去吧，便照例拎着红毛巾到车站一看，车已经在两三分钟前开出去了，还得等下趟车。俺坐在长椅上，掏出敷岛牌香烟刚抽上两口，可巧"老秧"君也来了。俺自从听了刚才的那段话，便对"老秧"君越发感到同情了。对他平时那种畏畏缩缩、就像在天地之间勉强吃口闲饭的态度，本来就觉得可怜，今天晚上更是超越了"可怜"。俺想，如果俺做得到，一定让他多增加一倍薪水，明天立刻就让他和远山小姐结婚，让他们到东京去玩上一个月。所以一看到他，俺立刻爽爽快快地给他让座位说："嘘，您也去洗澡啊，请来这边坐。""老秧"君现出诚惶诚恐的样子说："不，请您不要客气。"说着，也不知是客气呢还是什么，仍然站在那里。俺又劝他说："车还得等一会儿，站着累，您请坐。"说老实话，俺十分同情他，希望他能坐到俺身边来。他这才听从了俺的话，说道："那我就打扰您啦。"说着坐了下来。人世上，既有像"蹩脚帮"那种不知进退的家伙，本来不需要他出头，他却一定要强出头；也有像"豪猪"那样，摆出一副仿佛没有他，日本就一筹莫展似的面孔的人。而另一方面，也有像"红衬衫"那样，以批发香发蜡和小白脸自居的人。同时，也有"狗獾"这样经常炫耀自己，仿佛"只要'教育'活起来，穿上大礼服，就是在下我"这号人。这些人都各自装作了不起，但俺却从来没有见过像"老秧"先生这样的，仿佛虽有若无，活像被当作人质一样地顺从，像木偶一般地任人摆布。他的尊容虽然有点不尽人意，但抛弃他这样的老实人，而倒向"红衬衫"的怀抱，马利亚也真够得上是个难以琢磨的疯丫头啦。即便有几打"红衬衫"来调情，你能找到像"老秧"君这样好的丈夫吗？

"您是不是身体有什么毛病，看上去您好像很没精神哩。"俺问。

"不，我没什么特殊的病……""老秧"君答道。

"那就好，身体不好，人可就完啦，对不对？"

"您身体真结实呀。"

"唔，别看俺瘦，俺可不闹病，因为俺最讨厌闹病这玩意儿。"

"老秧"君听了俺的话,微微地一笑。

就在这时,在车站入口一带传来了年轻女人的笑声,俺无意间扭回头去一看,原来来了一个活宝贝。一个肤色白皙、梳着时髦头、身子修长的美人儿,和一个四十五六岁的主妇一起,站在售票窗口前。俺这个人是不会形容美人儿的,当然说不好,不过她的确是个美人儿。给人一种就好像把水晶球用香水烘暖,然后攥在手心里似的感觉。年岁大的那个妇女,矮个子,但两人的长相却很相像,大概是母女吧。俺心想:嚄,真够意思!一想到这儿,就把"老秧"君整个给忘了,只顾瞧那个年轻女人。就在这时,"老秧"君突然站了起来,朝那两个妇女慢条斯理地走去,吓了俺一跳。俺想,会不会就是马利亚呀?三个人在售票处前边,轻轻地相互打招呼。俺这地方太远,听不清他们说什么。

俺看了看车站上的钟,再有五分钟就开车了。俺心里盼着,车快点来就好了,说话的伴儿不在了,等车等得俺直起急。这时,又有一个人慌慌张张地跑进车站里来。俺一看,是"红衬衫"。他好像穿着一件薄薄的和服,腰上松松垮垮地系着一条绉纱绸带，胸前耷拉着他那一贯挂着的金表链。那金表链是个假货，"红衬衫"满以为谁都不知道，故意向人炫耀，其实俺是知道的。"红衬衫"一跑进来，就四处张望，他向站在售票处前说着话的三个人，殷勤地打过招呼，说了两三句话，随后就突然转向这边，照例像猫一样不出声儿地走了过来，说："哎呀，你也去洗澡呀。我担心来晚了，急着跑来，其实还有三四分钟呢。那个钟准时吗？"说着他把自己的金表掏出来看了一下说："还差两分钟哩。"随后就坐在俺的身旁了。他丝毫也不回过头去看那两个女人，只把下巴颏搁在手杖上，一味凝视着前边。年老的那个妇女，不时地向"红衬衫"看上几眼；而那个年轻女人却一直别过脸去，越来越可以肯定是马利亚无疑了。

不一会儿，火车汽笛"呜——"的一声，进站了。等车的人都陆陆续续拥进车去。"红衬衫"头一个跳进头等车厢。虽然是坐了头等，其实并没有什么值得骄傲的。坐到住田车站，头等是五分钱，普通是三分钱，高低的区别，就差在这两分钱上。甚至像俺这样的人，也买的是头等，拿着白色的车票，可见没啥了不起。不过，看起来，这些乡巴佬都是些小气鬼，只差这两分钱也当成一回事，一般都坐普通席。在"红衬衫"后边，紧接着马利亚和马利亚的老娘走进了头等车厢。"老秧"君像是一个铅模子印出来的似的，总是坐普通车厢。这位老兄，站在普通车厢的门口时好像有点踌躇的样子，一看见俺，便好像下了决心似的跳进了车厢。俺这时总觉得他可怜得很，所以跟在"老秧"君后边钻进了同一车厢，买头等车票，坐普通车厢，总不至于触犯规章吧。

到了温泉之后，俺从三楼穿着浴衣下到浴池来一看，又遇上了"老秧"君。俺如果在开会时或其他类似的场合，到了非发言不可的时刻，喉咙就像堵塞住了什么似的，话也不会讲了，可平时却又是相当能言善辩的。所以在浴池中向"老秧"君讲东讲西，不断与他搭话。俺总认为他太招人可怜了，这时节哪管说上一句，安慰安慰他的心，也是俺这堂堂"江户儿"的义务啊。可是，不料想"老秧"君那方面却不大合拍，没按俺的意图行事。不管俺说什么，他总是只说声"是"或说声"不是"，而且他的这声"是"或"不是"，也是十分勉强挤出来的，因此，最后只好不再领教，结束了俺俩的谈话。

在浴池里没有碰上"红衬衫"。不过，因为温泉旅馆里有好多间浴池，即使同一趟火车来的，也不一定在同一处浴池里碰上，所以俺也没觉得有什么奇怪。俺洗完澡一看，大好的月色。街上两侧都栽着柳树，柳树的枝条在街心投出了一个个圆圆的树影。俺想去散散步，便往北爬坡，来到街口上。左边有座大门，进门的路尽头是座庙宇，左右两侧都是妓院。妓院设在山门之内，这真是千古奇观。俺本想进去开开眼界，可又怕被"狗獾"开会的时候搞俺一通，所以就望门而过了。在与大门并排的地方，有座挂着黑布暖帘的、带有小小格子窗的平房，那就是俺吃糯米团子、捅出娄子的地方。门前挂着圆灯笼，上边写着"汁粉"①"御杂煮"②。灯笼光，正映射在檐前一株柳树的老干上。俺虽动了食兴，但还是忍住了，从门前走了过去。

自己想吃糯米团子而又不能吃，真是让人无可奈何。但是相比之下，那种自己的未婚妻移情于他人的人，恐怕更

---
① 汁粉：小豆汤。将红小豆馅煮成汤，放入年糕或糯米团子。
② 御杂煮：年糕汤。日本正月菜肴的一种，在放入肉、菜等的汤内再加入年糕。

是无可奈何吧。一想到"老秧"君的事，俺岂止无心吃糯米团子，就是让俺饿上三天，俺也没意见。的的确确，人是最靠不住的。看了那标致的面孔，怎么也想不到会那样无情无义——长得漂亮的人，无情无义，而臃肿得像冬瓜似的古贺先生却是个善良君子，可见必须多加小心。俺认为毫无野心的"豪猪"，据说学生就是他煽动的；要说是他煽动的吧，可他又在处罚学生的问题上，死咬住校长不放。招人讨厌又讨厌的"红衬衫"，却对俺意外地关切；说他背地里提醒俺吧，可他又去骗马利亚；说他骗马利亚吧，可他又说只要古贺方面不废除婚约，他并不想和她结婚。说"假银"胡挑俺的眼，把俺赶出来吧，可"蹩脚帮"老兄，立刻顶替俺搬了进去——这些问题，不管怎么想，都让人难以琢磨。如果把这些事都写信告诉清婆，她肯定会大吃一惊。她也许会说这是因为俺来的地方是箱根以西，所以牛鬼蛇神才成群结伙地出没。

俺天生就是什么也不在乎的性子。不管什么事，都不把它当回事，一直凑合着活到了今天。可到这儿来才刚刚一个来月，就突然感到人世实在是太不安稳了。虽然俺并没有碰上什么显眼的大事件，却觉得好像一下子老了五六岁。赶快结束这里的生活，回东京去，恐怕是上上策吧。俺思前想后，不知不觉过了石桥，来到野芹川的土堤上。叫"川"，听起来似乎是条大河，其实只有一间来宽，流水潺潺。如果沿着土堤往下游走上个十二町，就会到达相生村。在那个村子里，有座观音寺。

俺回头看了看温泉小镇，一片灯光在月光下闪耀着。传来的鼓声肯定是来自妓院街的。河水虽浅，却很急，所以水也神经质地一味一闪一闪地发亮。俺悠悠荡荡地在土堤上走着，大约走了三町远，看到前边有人影，映着月光仔细一看，原来是一对人影。也许是来温泉洗完澡后回村的年轻人吧。可如果真是那样，怎么连支歌也不唱，分外的安静呢？

俺向前行去。看来俺的脚步相当快，那两个黑影越来越大了，其中一个好像是女的。当距离拉近到十间左右时，他们听到俺的脚步声，那个男的忽然回过头来。月光从俺的背后照过去，俺看见那男的，心头顿起一团疑云。那男的和女的又若无其事地向前走去。俺为了弄个究竟，便立刻用最快的速度，追了上去。对方好像丝毫也没有觉察出是俺，仍和原来一样,从容地移动着脚步。立刻,连他们说话的声音都听得一清二楚了。土堤的宽度大约有六尺,并排勉强能走三个人。俺毫不费劲地从后边追上他们,和那个男的擦肩而过,向前迈了两步之后,便一下子向后转过身来,狠狠地看了那个男的一眼。月光无情地把俺的平头直到下颏照得亮而又亮,男的轻轻"啊"了一声,立刻转过脸去,催那女人说:"咱们回去吧。"然后立刻转身,朝着温泉小镇的方向走回去了。

"红衬衫"是想厚颜无耻地蒙混过去呢,还是他怯生生地要向俺打招呼没有打成呢?看来,感到这种小地方经常会给人带来麻烦的,不只是俺一个人喽。

八

自从那次"红衬衫"约俺钓鱼,回来之后,俺就怀疑起"豪猪"来了。当他用莫须有的口实,让俺搬家的时候,俺更认为他是个岂有此理的家伙。没想到他又在会议桌上出乎意料地慷慨陈词,提出严惩学生的主张,令俺大感意外,觉得"唉，难琢磨呀"。当俺从荻野家的婆婆那里听到"豪猪"曾为"老秧"君的事，和"红衬衫"争执过的时候，俺曾为他拍手叫好说："有种！"按此情况，坏人不会是"豪猪"。"红衬衫"这个人心术不正，俺怀疑这家伙是不是把捕风捉影的事，说得神乎其神，而且绕着弯子来挑拨俺呢。俺正在为此难下断语的当儿，看见了他带着马利亚在野芹川的土堤上散步，从那以后，俺就认定了"红衬衫"是个不简单的家伙。到底是不是个不简单的家伙，虽然一时还说不好，总之，不是个好人，是个阴一套阳一套的家伙。人如果不像竹竿那样笔直，就没有意思了。正直的人，你就是和他吵架，心里也觉得痛快。俺想，像"红衬衫"那套柔和也好，亲切也好，高尚也好，或者夸耀他那琥珀烟嘴也好，对他都是大意不得的，是轻易和他吵架不得的。你就是和他吵，也绝吵不出像在回向院①里举行摔跤比赛时的那种爽快的结果。这样看起来，和俺争执的对手，为了一分五厘推来推去，让教

---

① 回向院：位于日本东京本所区（今墨田区）的净土宗寺庙。自江户时代起经常在这里举行祭神摔跤比赛，一直延续到明治，大正十五年（1926）在这里建国技馆，专备比赛之用。

员休息室的人大为吃惊的"豪猪",倒还够人味得多。在那次开会的时候,他转动着他那深凹下去的眼珠瞪视俺的时候,俺曾经觉得这家伙真可恨,但是事后一想,那也总比"红衬衫"那种黏糊糊的、娇里娇气的声音要强得多。老实说,那次会开完后,俺真想和他言归于好,曾经向他打过一两句招呼,可这家伙,连理也不理俺,又朝俺瞪起眼珠来,俺也恼火了,就再也没有理他。

从那以后,"豪猪"再不和俺说话了。扔在他桌子上的一分五厘,还放在桌子上,已经落满了灰尘。俺自然不去动它,"豪猪"也绝不拿回去。这一分五厘钱筑成了俺俩之间的一堵墙,俺想和他说话却开不了口,"豪猪"则坚决一声不吭。这一分五厘钱在俺和"豪猪"之间作起祟来了。末了,俺每次到学校,最怕的就是看见这一分五厘钱。

"豪猪"和俺形成了绝交的状态,相反,"红衬衫"却依然和俺维持着以往的关系,继续来往。比如,俺在野芹川看到他的第二天,俺一到学校,他第一个来到俺的身旁,说什么"你这次的住处中意吗",又说"让咱们一起去钓'俄国文学'好不好"之类的话。俺对他感到有些不痛快,于是俺说：“昨天两次见到您哩。”他回答说："是啊，在车站上——你总是那个时候去洗澡吗？太晚了吧。"俺有意敲他一锤子，说：“在野芹川的堤上又面见了尊驾一次哩。"他答道：“不，我没往那儿去，洗了澡就立刻回来了。”其实又何必隐瞒呢？俺分明就是碰上过他嘛。真是个善于扯谎的东西！如果他这样的人可以当中学教务主任的话，那么像俺，就该能当大学校长。俺从这时起，就更不相信"红衬衫"了。和俺不信任的"红衬衫"，倒是每天说话；和俺钦佩的"豪猪"，倒是不交一语，这人世真是怪得很哩！

有一天，"红衬衫"说："有点事和你商量，请你来舍下一趟。"俺虽觉得去不了温泉怪可惜的，但还是缺了去温泉这一课，四点钟左右到他家去了。"红衬衫"虽是个单身汉，但是不愧为教务主任，很早就不住公寓了，自己占据一所有着相当阔气的玄关的房子。据说房租每月九块五毛钱。到这种小地方来，花上九块五毛钱就能住上玄关这样阔气的房子，使俺也不由得想要豁出去，租上它一所，把清婆从东京接来，让她高兴高兴。俺喊了一声："有人吗？""红衬衫"的弟弟走出来应门。他这个弟弟，在学校里是由俺教他代数和算术的，是个学习成绩极差的学生。可别看他这样，由于他走过南闯过北，比土生土长的乡巴佬心术还要坏。

俺见到"红衬衫"便问他有什么事，这位老兄，用他那一贯使用的琥珀烟嘴抽着臭烘烘的烟卷，说了这番话："自从你来了，比起前任教员任课的时候，成绩大有起色，校长也为大得其人而高兴。由于学校是很器重你的——所以请你在这种情况下努力工作。"

"嚄，是这样呀，您说让俺努力工作，可俺已不能够比现在更努力了——"

"像现在这样，就蛮可以了。只是前些日子我向你说的话嘛——唔，你别忘了就行了。"

"您是说给俺介绍住处的那个人，很靠不住吗？"

"像你这样牙清口白地说出来，就变得没意思了——算了吧，不谈啦——因为我想你已经领会了这事的精神实质了。这样，只要你像现在这样卖力气，学校方面，就会看在眼里，我想，等条件再稍微成熟一些，待遇的问题嘛，也会稍微有点办法。"

"嚄，是薪水呀，薪水多些少些没关系，不过，如果能提一些，当然也不错。"

"所以，正巧这次有个人调出去——当然喽，这件事在没有和校长商量之前，自然是不能保证的——从那个调出去的人的工资额度里，也许可以调剂出一部分来。所以我想和校长去说说，为你安排一下。"

"谢谢。是谁调出去呀？"

"马上就会发表，所以现在告诉你也不妨，就是古贺君。"

"古贺先生不是本地人吗？"

"是本地人，不过有特殊情况——一半也是他本人的希望。"

"他调到哪儿去？"

"日向的延冈①——地方是偏僻了一些，所以这次调去，决定给他涨一级薪水。"

"谁来代替他呀？"

"代替的教员大致已定下来了。根据换人的情况，你的

---

① 日向为日本九州的旧地名。"日向国"今大部属宫崎县，"延冈"是其中的一个地区。

待遇问题也可以调剂了。"

"啊，那很好，不过，也无须勉强给俺加薪。"

"总之，我准备和校长说说。这样，校长似乎也赞成哩，今后也许会出现请你多担负些工作的情况。请你做好思想准备，下定决心干吧。"

"是给俺增加比现在还多的课时吗？"

"不是，说不定课时还要减少。"

"您是说减少课时来多卖力气吗？太怪啦。"

"乍听起来，也许是有些怪——现在还不便明确说明——好，就是这么回事，我的意思是说，也许请你担负更大的责任。"

俺简直糊涂了。要说比现在更大的责任，当然是数学课主任了。但主任是"豪猪"，这位老兄是轻易不会辞职的。而且他在学生中间很有威信，把他调出或免职，对学校说来未必是上策。"红衬衫"的谈话，总是叫人摸不着头脑。摸不着头脑也罢，总之，正事是谈完了。在随后的闲谈过程中，"红衬衫"滔滔不绝地讲了许多事情——为"老秧"君开欢送会啦，顺便还问了俺是不是会喝酒啦，还说"老秧"

君是个正人君子，非常可爱啦。最后，他转变话题，突然向俺提出："你作不作俳句呀？"俺想这可招惹不得，忙说俺可不作俳句，便匆匆说声"再见"，告辞回来了。俳句这玩意儿是芭蕉啦、理发铺的老掌柜①搞的玩意儿。如果教数学的老师，也来个"牵牛花呀，吊桶儿被它缠绕……"②，谁受得了呀。

回来以后，俺可就深思起来了。人世上真有难以琢磨的人。住着现成的老宅子，这且不必说，自己教书的学校也蛮好，可就是由于不愿意待在这样的老家，于是就宁愿到外地去受苦受罪。假如新去的地方是个繁花似锦的大都市、有电车可乘的地方，也还罢了。居然要到什么日向的延冈去，简直让人难以理解。俺就连到这个有舟楫之便的地方来，没出一个月，还立刻希望回东京去哩。说到延冈，那是深山里的深山，要人命的深山老林呀。据"红衬衫"说，弃舟登岸后，要坐一整天的马车到宫崎，从宫崎再坐一整天的马车才

---

① 这是作者故意调侃的话，不能当真。
② 此处引用了日本江户时期加贺千代女（1703—1775）所写的脍炙人口的俳句："牵牛花呀，吊桶儿被它缠绕，只好乞水向人家。"

能到达。只听听地名，就知道是个没开化的地方，使人觉得好像是猴子和人各占一半天下的地方。不管"老秧"君是怎样的一位圣人，也总不至于心甘情愿去和猴子为伍吧？真是个喜欢怪奇的人！

这时，房东婆婆又送晚饭来了。俺问："今天还是白薯吗？"她说："不，今天是豆腐哦。"说来说去，还是差不太多的东西。

"婆婆，听说古贺先生要去日向啦。"

"真是太可怜哦。"

"您说可怜，可他是自己心甘情愿去的呀，又有什么办法呢？"

"心甘情愿去？您是说谁哦？"

"什么说谁哦，他本人呗。不是古贺先生有怪癖，自己要去的吗？"

"您这可是大错特错，错到八里半远去了哦。"

"八里半远吗？可是你要知道，刚才是'红衬衫'这样说的呀。如果这个差八里半远，那么'红衬衫'是扯谎扯得八里半远的大王啊。"

"教务主任先生这样说当然是对的,可是古贺先生不愿去也是对的哦。"

"那样,两边都是对的喽。婆婆,您两碗水端平,倒真不错。不过,到底是怎么回事儿哪?"

"今天早上古贺的老母亲来了,一五一十把情况都讲出来了哦。"

"她讲了什么情况?"

"他们家,自从老太爷去世以后,日子不如想象的那样富裕了,很不好过,他的老母亲去求校长,说:'已经干了足足四年了,能不能把每月拜领的钱稍微给增加一点?'——您可知道!"

"原来如此!"

"校长就说:'请容我充分考虑考虑吧。'于是老太太也放心了,伸长了脖子盼着,以为马上就会下来增加薪水的通知的,不是在这个月,就是在下个月。就在这时,校长找古贺先生去谈哦。他去了之后,校长说:'抱歉得很,学校经费不足,无法给你增加薪水,但是延冈有个空缺,那方面每月可以多拿五块钱,我想这正是你所希望的,所以已经办妥把你调到那边去的手续，你去好喽。'"

"这样说来，这不是商量，是命令呀。"

"是啊。古贺先生恳求说：'不想为了增加薪水到别的地方去，原来的薪水也就可以了，希望留在这里。这里有自己的老宅子，又有老母亲。'可校长说：'事情已经决定了，接替古贺先生的人也定了，没有办法了。'"

"哼！简直是欺负人嘛，真不像话！那么说，古贺先生并不是自己想去喽？怪不得俺觉得奇怪。就是多上个五块钱，有哪一个阿木林愿意去那样的深山里和猴子做伴呀？"

"阿木林？先生，阿木林是啥意思哦？"

"管它啥意思呢——这完全是'红衬衫'的阴谋嘛，坏透了的勾当。简直是冷不防给一刀嘛。这样，还说要给俺涨薪水什么的，像话吗？就是给俺涨薪水，谁稀罕要他的？"

"先生您的薪水涨了哦？"

"他们说要给俺涨，俺决定回绝。"

"您为什么回绝哦？"

"不管怎么也要回绝。婆婆，那个'红衬衫'是个混蛋！真是个小人！"

"小人不小人，先生，只要他们给您涨薪水，您就老老实实接受下来，才不吃亏哦！人总是年轻的时候容易动火，可是等年纪大了一想，就会后悔，就会想：再忍一忍就好啦，都是由于发火，吃了这么大的亏！您还是听我老太婆的话，'红衬衫'既然说给您涨薪水，您就说声谢谢，接受下来吧。"

"你那么大岁数，用不着多管闲事，俺的薪水，涨也好，落也好，是俺的薪水！"

房东婆婆一声不吭地走了。老大爷发出悠长的声音唱着"谣曲"。"谣曲"这种东西，它的本领就是把本来可以念得懂的东西，给它加上个极其难唱的曲谱，故意让你听不懂。俺真不明白为什么老大爷每天晚上不厌其烦地非要哼哼那玩意儿不可。俺可顾不上什么"谣曲"。他们说给俺涨薪水，俺也并不是非涨不可，俺是想，让那些多出来的钱白闲着也可惜，所以才答应下来的。可俺怎么能做出那种缺德的事，从一个本来不愿调出却被强制调出的人身上，由俺来从他的薪水中去分一杯羹呢？本人明明说薪水照旧就行了，可却偏要把他发配到辽远的延冈去，这究竟打的是什么鬼主意呀？就连太宰权帅①不也只是发配到博多湾口吗？就是河合又五郎②杀了人不也只是藏在相良地方就算了吗？且不说别的，反正俺得去找"红衬衫"回绝他，否则俺心里过不去。

俺穿上小仓布的裙裤，又去找他了。站在那漂亮的玄关前，喊了声："有人吗？"又是他那个弟弟出来应门。他看见是俺，脸上露出"怎么又来了"的神色。有事情俺就来，管它两次三次呢。就是半夜里，说不定也会把"红衬衫"从被窝里拉起来。他小瞧了俺，以为俺是来给教务主任请安的吧。俺可是特地来向他哥哥回绝俺不稀罕涨的那部分工资的。他弟弟说："现在有客人。"俺向他弟弟说："就在玄关这儿也没关系，请你哥哥出来一会儿。"他又进到里边去了。

---

① 太宰权帅：日本奈良、平安时期在九州设"太宰府"，管辖九州及对马、壹岐两岛，其长官称"太宰帅"，多由亲王出任。"权帅"是代替"太宰帅"亲赴任地的代理长官。这里的"太宰权帅"系指菅原道真（845—903）由右大臣左迁为"太宰权帅"，由京都迁移（实为流放）到九州博多的史实。
② 河合又五郎（？—1634）：江户前期的武士。1630年河合杀了同僚渡边数马的弟弟之后，躲藏到九州相良地方，五年后被渡边等人复仇杀死。

俺看了看脚下的地方①，有双带蔺草里的、薄薄的、向前倾斜的木屐。屋里边传来了"这真是万事大吉呀"的声音。俺明白了，所谓来客就是"蹩脚帮"哩。如果不是"蹩脚帮"，是不会有那样的尖嗓子，也不会穿这种戏子穿的木屐的。

过了一会儿，"红衬衫"手里拿着煤油灯，到门口来说："你进来吧，不是外人，是吉川君在这儿哪。"俺说："不，在这儿就行啦。只说两三句话。"俺看了一下"红衬衫"的面孔，活像个金太郎②，看来他是和"蹩脚帮"正在喝酒哪。

"刚才您说要增加俺的薪水，俺有点新的想法，不想接受，所以特地来告诉您。"

"红衬衫"把灯往前举了举，从灯背后凝视着俺的脸，对这种突如其来的话，他不知怎样回答，呆呆地站在那里。他大概是对天下之大，居然会有人跳出来谢绝加薪，感到不

---

① 日本的"玄关"分为两部分，一部分是水泥地，一部分是与内室相通的、高起一段的木板地。来客的鞋就脱在水泥地的地方。这里是说哥儿站在水泥地上，故有"看脚下"的描写。

② 金太郎：日本古代传说中的怪童。据说是源赖光手下四大金刚之一坂田金时的幼名。金太郎具有神力，全身赤色，此处借喻面孔通红。

可思议吧；或者是大感意外：即便要谢绝，也不必刚刚回去就立刻再来吧；或者是这两种原因都有的缘故吧。他嘴角显出奇特的表情，直挺挺地站在那里发愣。

"刚才俺答应，是因为您说古贺君是自己希望调走的……"

"古贺君完全是出于自愿，中途调走的。"

"不是这么回事，他是希望留在这里的。就是照发以前的薪水也行，是想留在家乡的。"

"你这是从古贺君那里听来的吗？"

"那倒不是从本人那里听来的。"

"那么你从谁那里听来的？"

"是俺的房东婆婆从古贺君的母亲那里听来的，她今天告诉了俺。"

"那么说，是房东婆婆这样说的喽？"

"嗯，是的。"

"恕我冒昧地说，那情况就有所不同喽。如果按足下的说法，那就等于说你相信你住的那家房东婆婆说的话，而不相信教务主任说的话喽，是不是可以作这样的解释，嗯？"

这下，俺不知道怎么回答好了。文学士这种东西，毕竟是有手段的，善于抓住小辫子跟你纠缠不清。俺家老爷子曾经骂过俺说："你这东西，毛毛躁躁的，什么事也做不好。"现在想来，俺还真有点毛毛躁躁。俺听了那婆婆的话，一下子动了火，就跑来了。但实际上，俺既没有去见"老秧"君，也没有去见"老秧"君的母亲，把情况问个详细。因此，让这位文学士给了俺这一刀，俺还真有点招架不住。

尽管从正面有些招架不住，但在内心里，俺早就宣告了对"红衬衫"的不信任。俺的房东婆婆，固然视财如命，但她不是个扯谎的女人，不像"红衬衫"那样阴一套阳一套的。俺不得已，这样回答道："您所说的，也许是真的，不过——总之，俺不接受加薪。"

"那就更奇怪了。现在你特意来舍下，是因为发现了使你不忍心接受加薪的理由，对不对？现在你的理由，经过我的解释，已经解消了，尽管如此，你却还是拒绝加薪，未免让人难以理解吧。"

"也许是难以理解，反正俺谢绝。"

"如果你真不愿意，我当然不会非勉强你接受不可。可是就在这两三个小时之内，又没有特殊理由，就这样突然变卦，这会影响将来对你的信任的。"

"信任不信任，俺不在乎。"

"不会是那样的吧，人最要紧的是说话算数，即使退一步说，房东老大爷……"

"不是老大爷，是老婆婆。"

"不管是哪个吧，即便你的房东婆婆向你说的是事实，然而，你增加的薪水，并不是把古贺君的收入砍掉一部分得来的。古贺君荣转到延冈去，代替他的人要来，那个代替他来的人，比起古贺君薪水要低一些，所以是把多余出来的钱转给你的，你当然没有必要感到对不起谁。古贺君到了延冈，是高升。新来上任的人，从一开始就谈妥了，薪水低一些。这样，你的薪水得以增加，我想这对你真是再便宜不过的好事。你不愿意也罢，不过，你还是回去重新考虑考虑，好不好？"

俺的头脑不那么机灵，如果是往常，经过对方这样花言巧语地一说，俺就会想：原来是这样，那么，是俺想错啦。然后惶恐地退下来，可是今儿晚上却不能这样。从最初来到这里的时候起，不知为什么，就对"红衬衫"感到讨厌，在路上俺也曾回心转意地想过：他是个像娘儿们一样亲切待人的人。其实他压根儿就不是什么亲切，现在俺一明白了这点，就更加厌恶他了。因此，不管对方怎样玩弄逻辑，舌底生莲，使用他那教务主任的一套手段来迫使我哑口无言，俺都无动于衷。能说会道的人，不一定就是好人。被说得哑口无言的人，也不一定就是坏人。从表面上看，"红衬衫"好像充分占住了理，但是不管表面上说得如何漂亮，总不能让人从内心里来爱他。如果用金钱、势力或歪理就能买到人心，那么放高利贷的也好、警察也好、大学教授也好，岂不都最受人喜爱了吗？一个当中学教务主任的花言巧语，怎么能说动俺的心呢？人是以喜欢什么讨厌什么来行动的，不是靠花言巧语来行动的。

俺想到这里，便朝"红衬衫"说："您说的固然蛮有理，可是，俺不喜欢给俺涨薪水，所以不接受这个建议。就是再考虑也还是这样，再见！"说了这句之后，便再也不想听他说，离开了他的家门。仰头一看，一条亮晶晶的银河横贯在当空。

九

举行"老秧"君欢送会的那天早晨,俺到学校去后,"豪猪"突然向俺说:"老弟,前一阵子,'假银'来我家,说你蛮不讲理,让我和你说,请你搬出去,我信以为真,便向你说请你搬走。可是后来我一打听,听说那家伙是个坏蛋,竟弄些假画来,盖上假造的题款和印章,然后卖给人家。他是这样一个人,所以关于你的事,肯定也是他胡说的。他本想硬卖些画和古玩给你,赚笔钱,你不搭理他,他赚不到钱,所以编造了那件事来造你的谣。由于我不了解他的为人,对你很无礼,请你原谅。"——他说了很长一段道歉的话。

俺什么也没有说,拿起放在"豪猪"备课桌上的一分五厘钱,装回到俺的钱包里。"豪猪"感到莫名其妙,说:"老弟,你怎么把它收回去啦?"俺对他解释说:"唔,俺当时觉得不愿意领你老兄请客的情,所以俺一直想把钱还给你,不过后来俺仔细想了想,还是领你请客的情为好,所以这次把它收回。""豪猪"听了,哈哈大笑起来说:"既然那样,为什么不早收回去呀。"俺说："本来早就想把它收回来，但总觉得不好意思，所以让它一直放着。最近俺每次到学校来，最不愿意的就是看到这一分五厘钱，心里总感到别扭。"他说："你这个人，也算得上是个不肯认输、不愿服软的人喽。"俺说："你也真够得上是个犟脾气喽。"随后，在俺两人之间，进行了如下的问答——

"你究竟是什么地方生的人？"

"俺是'江户儿'。"

"唔，你原是'江户儿'呀！难怪你不肯认输。"

"你是哪儿？"

"我是会津①。"

"原来是'会津佬'呀！怪不得你那样倔强。今天你去参加欢送会吗？"

"当然去，你呢？"

"俺自然要参加。甚至想，在古贺先生出发的时候，俺还要到海滨去送行哩。"

---

① 会津：原为江户时期会津藩的领地，今属福岛县。

"欢送会保你有意思,你看吧。今天我决心痛饮一番。"

"你愿意喝就喝吧,俺吃完菜,立刻回来。喝酒的家伙,肯定是混蛋。"

"你这人动不动就找架打,从你身上果然看得出'江户儿'的轻佻风气。"

"不说这个了,请你在去欢送会之前,顺路到俺家来一趟,有话说。"

"豪猪"果然如约顺路到俺的住处来了。最近这段时间以来,每次俺看到"老秧"君,都十分可怜他,特别是开欢送会的今天,更觉得他可怜巴巴的。如果可能,俺甚至想代替他去。所以在这次欢送会上,俺想要好好搞个欢送的讲话,来给他壮行。可是俺那粗鲁的口吻,肯定登不了大雅之堂,所以俺想到,找"豪猪"这个大嗓门来做俺的替身,出其不意,狠狠杀一杀"红衬衫"的威风。就这样,俺把"豪猪"约来了。

俺一开场,首先从马利亚事件说起。"豪猪"对这一事件当然比俺知道得更详细。俺把野芹川土堤上的事向他讲了,俺说:"那家伙真是混蛋。"于是"豪猪"开导俺说:

"你不管对谁都乱叫人家混蛋,今天你在学校还不是把我称作混蛋吗?如果我是混蛋,那'红衬衫'就不是混蛋,我总不能和'红衬衫'相提并论呀。"俺说:"那么就把'红衬衫'叫做没骨头的傻蛋。""豪猪"大加赞成地说:"他说不定就是那样。""豪猪"豪横是豪横,可在骂人话方面,却比俺知道的字眼少得多。所谓"会津佬"这类人,大概都是这样的吧。

然后,俺把"红衬衫"所说的增加薪水的事和将来要提拔俺的事都说了。"豪猪"哼了一声,说:"那他们是想把我撤职啦?"俺问:"他们想撤你的职,你就心甘情愿被他们撤职吗?""豪猪"大加夸口地说:"谁自愿被撤职呀?如果我被撤职,我得让'红衬衫'也一起撤职。"俺追问说:"你有什么办法,让他和你一起撤职呢?"他回答说:"这点我还没有考虑。""豪猪"虽然任何事都不怕,但在智谋方面似乎却不太够。俺讲了拒绝给俺增加薪水的事,这位老兄高兴得很,夸奖说:"果然不愧是'江户儿',的确了不起!"

俺问"豪猪":"'老秧'君既然那样不愿意去,为什么你不替他奔走一下,让他留下来?""豪猪"非常遗憾地说:

"当我从'老秧'君口中得知这件事情的时候,这事已成定局了。我也曾找过一次'红衬衫',找过两次校长,进行过交涉,但毫无办法。而且说起来,古贺这老好人也好得太过分了,所以才遭了殃。当'红衬衫'第一次和他谈的时候,他理应或者坚决拒绝,或者说容我考虑考虑,推托一下就好了,但他被'红衬衫'的花言巧语给蒙住了,当场就答应了下来,因此,后来他母亲再去哀求,我去交涉,都无济于事了。"

俺说:"这件事完全是'红衬衫'的阴谋,把'老秧'弄到远处去,好把马利亚弄到手。""豪猪"说:"当然是如此。那家伙假装老实,坏事做尽。如果有谁揭穿他,他早已设好了一条为自己逃避责任的退路来等你,真是个极其狡猾的家伙。对他这种人如果不饱以老拳,是不会奏效的。"说着,他捋起袖子露出肌肉隆隆的胳膊给俺看。俺顺便问他说:"看来你很有膂力,你搞过柔道吗?"经俺这么一说,这位老兄便弯起胳膊,显示他那大胳膊上的肌肉块说:"你掐一掐看!"俺用手指捏了一下,好家伙!硬得和澡堂里的搓脚石一模一样。

俺非常钦佩,问他说:"你有这样的膂力,一次就能打倒五六个'红衬衫'吧?"他说:"那还用说?"说着,他把胳膊弯起又伸直,伸直又弯起,肌肉块在皮肤下面,来来回回地移动着,看着真让人痛快。根据"豪猪"所说,用观音捻这种结实的纸绳,两股搓在一起,紧缠在能鼓起肌肉块的地方,只要用力猛地一弯胳膊,就会啪地绷断。俺说:"要是观音捻,俺也能做到。"他立刻抢白俺说:"你怎么能做得到?你能做到,那就试试好了。"俺想,如果绷不断,就会丢人现眼,结果俺也没试。

俺半开玩笑地提议说:"老兄,怎么样?今晚在欢送会上痛痛快快地喝上一阵子,然后把'红衬衫'或'蹩脚帮'揍一顿好不好?""豪猪"想了想说:"是啊,不过今晚算了吧。"俺问:"为什么?"他说:"今晚如果那样做,会对古贺不利。"然后他又老练地加上一句:"反正早晚要揍他们的,揍嘛,就要抓住这两个家伙的错处,当场揍他们一顿,否则咱们占不住理。"别看他是"豪猪",似乎比俺有算计哩。

俺说:"既然如此,你就来它一场演说,大大地夸奖古贺君一番。如果由俺讲，俺那顺嘴乱说的'江户儿'的调调儿，缺少分量，显然不行。而且，俺一到大庭广众之间，胃里就立刻折腾起来，一个大球就会涌上来把喉咙塞住，话就冒不出来了。所以这个任务交给你老兄。""豪猪"问："真是怪病，那么说你是在人群中张不开口喽，一定很难受吧。"俺回答他说："不，俺也不觉得怎样难受。"

俺俩言来语去，不知不觉到了开欢送会的时间，俺和"豪猪"一起去赴会。会场设在花晨亭，据说是本地最好的饭庄。俺一次也没去光顾过。听说是把原来一个家宰①的宅子买了过来，原封不动地开起张来的，果然，建筑十分宏壮。家宰的宅子变成了饭庄，这正像把大将的战袍改成小卒子的号坎一样，活糟蹋了。

俺们两个人到会场的时候，人差不多到齐了。在五十叠的大房间里，只有那么两三堆人。正因为是五十叠的大房间，所以壁龛极大。拿俺在山城屋独占过的那间十五叠屋子的壁龛来和它比，简直是小巫见大巫。俺估量一下尺寸，足

---

① 家宰：原文作"家老"，指日本封建诸侯家中统辖武士的总管。

有二间长。在壁龛里靠右边摆着一个红花瓷瓶，里边插着一根很大的松树枝。俺不知道插这种松枝有什么讲究，不过就是过几个月也不会凋谢，倒可以不必多花钱。俺问教自然课的教员："这是什么地方的濑户物①？"回答说："这不是濑户物，是伊万里②。"俺说："伊万里不就是濑户物吗？"教自然课的教员呵、呵、呵地笑了几声。后来俺一打听，据说在濑户产的瓷器，才叫濑户物。俺是江户儿，所以一直认为所有瓷器都叫濑户物哩。在壁龛的正中悬挂着一幅大字画，上边写着足有俺脸盘儿大的二十八个大字。写得真难看极了！俺看不惯这种难看的字，就问教汉文的教员："为什么把那样难看的字堂哉皇哉地挂在那里？"汉文教员给我解释说："那是一个叫海屋③的有名书法家写的。"管他海屋不海屋，反正到现在，俺还是认为他写得糟极了。

过一会儿，学校的文书川村说："请大家入席。"俺就

---

① 濑户物在日本有双重含义：一是泛指一般瓷器，一是专指濑户地方出产的瓷器。

② 伊万里是地名，这里是伊万里瓷的略称。这两人的对答，说明两人认识事物的出发点不同，也说明哥儿对瓷器一无所知。

③ 海屋：即贯名海屋（1788—1863），日本江户后期杰出的书法家。

坐在了一个有柱子可倚的地方。"狗獾"穿着和式礼服就坐在海屋那幅字的前边。在他的左边,"红衬衫"也同样穿着和式礼服,大模大样地坐着。在他的右边是今天的主宾——"老秧"先生,他也是穿着和服端坐着。俺穿的是西装,跪着正坐,很不舒服,很快就改为盘腿而坐了。在俺旁边的体操教员,穿着西装礼服裤,却端端正正地跪坐在那里,真不愧是体操教员,练就了腿上的功夫!很快,菜端上来了,酒瓶子也摆上了。主持会的人说了几句欢送会开始的话头,然后"狗獾"站起来,"红衬衫"站起来,先后致欢送辞。这三个人就好像事先商量好了似的,都在大肆吹捧"老秧"君是优秀教师,是忠厚人。说什么这次离职是十分遗憾的,不只是学校,就是作为他们个人,也是深为惋惜的。但由于"老秧"君出于自身的原因,迫切地要求调职,因而无法挽留——扯这样的大谎来开欢送会,却丝毫不以为耻。尤其是"红衬衫",在这三个人当中,吹捧"老秧"君吹捧得最凶,甚至说什么"失去良友,对于自己实为最大不幸"。而且他的那种说法,听起来简直是发自肺腑,不由你不相信。他大讲特讲,把他那一贯柔和的声音,放得更加柔和。初次听他这样说话的人，不管是谁，肯定都要受他蒙蔽的。马利亚大概也是上了他这一手的当吧。当"红衬衫"正在大讲他的欢送辞的当儿，坐在对面的"豪猪"看了俺一眼，从他眼睛中射来一道电光，俺用食指朝他扒了一下俺的下眼皮①，给他发去了回电。

"红衬衫"刚一坐下，"豪猪"就迫不及待地站了起来，俺高兴极了，不由得鼓起掌来。这一下子，"狗獾"和其他所有的人都朝俺看过来，弄得俺十分尴尬。"豪猪"是这样说的："刚才校长，特别是教务主任为古贺君的调动感到非常遗憾，我却有点不同的想法，我是希望古贺君尽快离开此地的。延冈是个偏僻的地方，和此处相比，是会有些物质上的不便，但是，据说该地是个民风十分淳朴的地方，教员和学生都还保持着古老的朴实正直的风气，我相信在那里绝不会有那种专说言不由衷的谀词，或装模作样来坑害好人的花哨货。像古贺先生这样的温厚之士，在那里肯定会受到普遍的欢迎。因此，我是为古贺君深深庆幸这次调职的。最后，

---

① 日本人习惯，用手指扒下眼皮，是一种表示轻蔑或嘲弄的动作。

我希望古贺君去延冈之后，能选择一个当地的淑女，一个值得君子好逑的淑女，尽早地建立一个美满的家庭，使那个水性杨花的骚货在事实面前愧死。"说完，他大声地清了两下喉咙，坐下了。俺本想这次也要鼓掌，但又讨厌别人都朝俺看，所以没有这样做。"豪猪"坐下后，紧接着"老秧"先生站起来了。这位老兄万分郑重地离开自己的席位，一直走到宴席的最下位的地方，毕恭毕敬地朝大家行礼致敬，说："今次由于我个人的原因，调到九州去，承蒙各位先生为鄙人开了如此盛大的欢送会，实在使鄙人感激万分。尤其是适才听了校长、教务主任以及其他各位先生的致词，使鄙人非常感激，永志不忘。鄙人现在即将到辽远的地方去，今后也务必请诸位和以往一样，不要见弃，多加关照。"他说完，又俯伏在地，行了一个大礼，回到座位上来。"老秧"君的老好人修为简直到了令人难以揣摩的地步！他本人居然向这样愚弄自己的校长、教务主任恭恭敬敬地致谢。如果那只是不得不表面客气一番，也还罢了，可是，从他那行动，从他那话语，从他那表情来说，似乎真的在由衷地表示感谢哩。让这圣人一样的人给道谢，本来应该觉得内疚，感到脸红，可是"狗獾"也好，"红衬衫"也好，却都是一本正经地听着。

致词完了以后，席上左一处右一处发出了哧溜哧溜喝汤的声响，俺也学样，跟着喝了口汤，真难喝呀！下酒菜中有鱼糕，黑乎乎的，简直连空心鱼糕①都不如。虽然也有一碟生鱼片，但切得极厚，和生吃金枪鱼的鱼块没什么两样。虽然如此，坐在俺身左身右的人，都津津有味地大口吃着，大概是因为他们都没有吃过江户名菜的缘故吧。

这当儿，交杯换盏，周围立刻热闹起来。"蹩脚帮"恭恭敬敬来到校长面前敬酒。真是个讨厌的家伙！"老秧"君挨个儿去献酬，看来他是想要绕一圈儿。真是不嫌麻烦！"老秧"君来到俺的面前说："让我拜领您的一杯酒吧。"②他整理了一下裙裤的衣褶，向俺这样提出说。俺也不顾西服裤子如何紧窄，正坐起来，给他递了一杯酒，说道："俺刚到

---

① "空心鱼糕"与"鱼糕"是大体类似的食品，但较"鱼糕"质量次，价钱也便宜。
② 日本宴会上的献酬，是种礼数。这里是指先领对方的酒杯，喝干后，再回敬对方。

这儿来，就和您分手，遗憾得很，您什么时候出发，俺一定到海滨去给您送行。""老秧"君说："您很忙，千万不必如此。"不管"老秧"君说什么，俺也决心停下学校的课去为他送行。

这以后，又过了一个钟头，宴会上就闹腾得更厉害了。已经出现了一两个乱醉得连话都说不清的人——"来一杯！""呀，我是说让您喝哪……"俺感到有些无聊，去了一趟厕所，然后在星空下眺望着庭院的景色。这时，"豪猪"也出来了，向俺得意地说："你看怎样，刚才我的致词，搞得不错吧？"俺说："俺非常赞成，不过就是有一个地方，俺不满意。"于是他问道："哪点不满意？"

"你刚才说了'在延冈不会有装模作样、坑陷人的花哨货……'对不对？"

"嗯。"

"只说花哨货是不够的呀。"

"那你说，应该怎样说？"

"你要是说：花哨货，骗子手，投机者，装好人，摆地摊骗钱，吓唬人，狗腿子，或者是和狗一样汪汪叫的东西，那就好了。"

"我可没有那么灵的舌头。你的嘴真巧。词儿就知道那么一大堆。可你却偏偏一到人多的地方就说不出话来,真怪!""豪猪"说。

"不,这是俺事先想出来的词儿,为了万一骂架时好用。如果让俺演说,那就不会这样灵喽。"

"是吗?不过你说得真顺溜哩。你再来它一次。"

"你听着!说上几遍俺都能说——花哨货、骗子手、投机者……"俺正想往下说呢,从廊子上劈里啪啦跑出两个人来,醉得晃来晃去。

"你两位太不像话啦——居然逃席!那可不成!——只要有我在,绝不准你们逃席,来,喝呀……骗子手?……够意思!真是太有意思啦——来,喝呀!"

说着便把俺和"豪猪"拼命往屋里拉。老实说,这两个人也是来上厕所的,不过都醉了,忘了上厕所,只顾扯俺两个人回去。醉鬼大概是碰上什么就理会什么,把前头要做的事,一下子忘得一干二净。

"诸位注意,我把骗子手给拉来啦!来啊,大家灌他们,让骗子手来个醉打山门！喂，你想跑可不行！"

其实谁也没跑。俺被推到紧靠墙的地方，看看周围，每个人面前的小案子①上的菜，没有一份是整齐地摆在那里的。也有的家伙，把自己小案子上的菜吃得干干净净，跑到五六间以外去远征。校长不知什么时候回去了，不见他的踪影。

就在这时，三四个艺妓口中说着"是这里叫条子吗"，一边走了进来。俺虽然有点吃惊，不过已被推到墙边，只好呆呆地瞧着。就在这时，刚才还倚在柱子上、口中得意地叼着烟嘴的"红衬衫"，一下子站了起来，想走出房间去。从对面走进来的一个艺妓，在与他擦肩而过的时候，笑着向他打了个招呼。这个艺妓是其中最年轻、最漂亮的。俺离得远，听不清楚，好像她是说了句"呀，晚上好"之类的话。"红衬衫"装作不认识的样子，走出去了。他以后就再也没露面，大概是去追校长，一起回去了。

艺妓一来，整个屋子的气氛立刻活跃起来了。吵吵嚷

---

① 日本人会餐时每人面前置一小案子，上边摆有每人的份菜。

嚷，使人觉得仿佛大家是在用打了胜仗的欢呼声来迎接这些美人的到来似的。于是，有的家伙，玩起猜抓子儿①的游戏，他们的喊叫声大得出奇，简直和卖艺的练耍大刀时的叫唤声一样。另一边儿的人在猜拳，他们发疯似的挥动双手，四啊、八啊地狂喊着，那手势比起野鸭木偶剧团②里那些耍木偶的，还要巧得多。在对面的角落里，有人一边摇着酒瓶子一边说："美人儿来斟酒！美人儿来斟酒！"随后又改口说："拿酒来，拿酒米！"真是嚷得天翻地覆，闹得人仰马翻，使人难以忍受。其中，只有"老秧"君一个人在低头寻思，感到不知怎样奉陪才好。给自己开这个欢送会，并不是大家为了表示对自己调职的惜别之情，只不过是为了饮酒取乐罢了。只有他自己一个人，在为不知如何应付这种场面而感到苦恼。这样的欢送会不如请他们不开，反倒要好得多。

又过了一会儿，大家都用从丹田里发出的声音唱起什么来了。一个艺妓到俺的面前来，抱起三弦对俺说："请您唱

---

① 一种游戏。将围棋子握在手里，让对方猜测有几个，以定胜负。
② 野鸭木偶剧团：明治十二年（1894）左右访日的一个英国木偶剧团，是最早在日本演出扯线木偶剧的剧团。

点什么吧。"俺说："俺不唱，你唱个吧。"于是她唱道："打起鼓，敲起锣，咚咚锵，咚咚锵，咚咚锵锵，锵锵锵，假如得见走失了的、走失了的三太郎。奴家也要打起鼓，敲起锣，咚咚锵，咚咚锵，锵锵锵，四处去找我那有情郎。"她憋足了两口气唱完了这段曲子，然后说："哎呀，累坏我啦。"既然是累坏啦，那唱段容易的岂不更好？

就在这时，"蹩脚帮"不知什么时候来到她身旁坐下说："铃姑娘，刚才见着你那心上的人儿，他立刻就走了，未免太可惜了吧。"他用他那一贯的相声演员似的口吻这样说。那个艺妓，带着不爱答理的口吻说："我才不管哪。""蹩脚帮"不在乎这一套，发出令人讨厌的声音，学着义大夫曲①唱道："俏冤家，偶然见到你，你就这样无情义……"那个艺妓朝着"蹩脚帮"的膝头打了一下说："您走开吧。"于是"蹩脚帮"高兴地笑了起来。这个艺妓就是刚才向"红衬衫"打过招呼的人。被艺妓打了一下而感到高兴，"蹩脚帮"也真够得上是个活宝了。他说："铃姑娘，我来跳个纪伊国舞，

---

① 义大夫曲：由江户初期的艺人"竹本义大夫"所创造的曲调。

你给弹弹弦子吧。""蹩脚帮"还嫌不够,还要跳一段舞哩。

在对面那边,教汉文的老头儿,正在咧着他那掉了牙的嘴唱着:"妾身难明了,相公传兵卫,你我的情义……"他总算唱到了这儿,又问艺妓说,"下文怎么唱?"老头儿总是记性不灵的。另一个艺妓缠住教自然的教员说:"最近流行了这样一首曲子,让我给您弹弹,您可得好好听着呀——花月卷发型,缠着白缎带的时髦头,骑着自行车,弹着梵亚铃,哇啦哇啦讲半通不通的英国话,唱着 I am glad to see you ——"教自然的教员称赞说:"这歌果然有意思,还带英国话哪。"

"豪猪"提高了他那嗓门,像发命令似的叫道:"艺妓!艺妓!我要来一段剑舞①,你们来弹弦子!""豪猪"的声音太粗暴了,那个艺妓吓了一跳,没敢答腔。"豪猪"不管三七二十一,拿来一根手杖,站在房间正中,独自一人口中吟诵着"踏破千山万岳烟"的诗句,表演起他的拿手好戏来了。这时"蹩脚帮"已经跳完了纪伊国舞,跳完了滑稽舞,

---

① 剑舞:日本明治时期流行的一种文娱形式,手拿日本刀,边舞边吟"汉诗"。

表演完了"船上卖春女",全身脱光,只剩下一条越中犊鼻裈①,将一把棕榈扫帚夹在腋下,口中一边哼着"日清交涉决裂……"一边在大厅里来来回回踱步。简直是个疯子!

俺刚才就非常同情"老秧"君,他规规矩矩地坐在那里,裙裤不脱,显出惶惑的样子。俺想,虽说是为他本人开的欢送会,"老秧"君也没有必要拘拘束束地穿着和式礼服来拜观这种越中犊鼻裈的裸体舞呀。俺走到他的身旁劝他离开:"古贺先生,咱们回去吧。"但"老秧"君却说:"今天是我的欢送会,如果我先走,那太有失礼节了。请不要管我,您先请吧。"看来他是坚决不肯动身了。俺说:"管它呢,欢送会就应该像个欢送会的样子,你看看,这是疯狂会。来,咱们走吧。"他无意走,俺硬是将他拉走,一起刚要走出大厅,"蹩脚帮"耍着扫帚,迈着步子走过来说:"哎呀,你这位主宾先走,太不像话了。来个日清交涉,不能让你走。"说着他把扫帚横起来挡住去路。俺早就已经恼火,抡起拳头便朝着"蹩脚帮"的脑袋狠狠地给了他一下。有两

---

① 犊鼻裈:日本男子遮蔽阴部的长条布,越中犊鼻裈即越中地方(今富山县)生产的犊鼻裈。

三秒钟,"蹩脚帮"好像摸不着头脑了,呆呆地愣在那里。然后他说:"哎哟,这太不像话啦。你揍我,这可太让人伤心啦。你打我吉川,这太让我不敢当啦,这更得日清交涉喽。"就在他胡诌八扯的当儿,在他身后的"豪猪"看明白出了什么乱子,便停下剑舞跑了过来。看到"蹩脚帮"的这副熊样,他一把抓住"蹩脚帮"的脖子,往后揪了过去。"蹩脚帮"一边嘴里说着"日清……疼呀,这太胡闹了呀",一边挣扎,身子往旁一扭,咚的一声栽倒了。以后的事怎样,俺就不晓得了。在半路上,俺和"老秧"君分了手,回到家已经是十一点多了。

十

为了举行战争大捷庆祝会,学校放假。据说在练兵场有庆祝活动,"狗獾"必须率领学生去参加。俺作为一名教员也要一起去的。走到街上一看,到处都是太阳旗,让人感到眼花缭乱。学校的学生足有八百人,由体操教员整队,在班与班之间隔开一些距离,安排一两个教员插进去,进行监督。这种安排虽然巧妙，但实际却很不理想。学生不但是群孩子，而且又是一些不听话的、仿佛不破坏纪律就有损学生体面似的一群东西，就是跟去几个教员又能起到什么作用呢？没等教员下命令，他们就乱唱起军歌来，歌声一停，又无缘无故地欢呼起来，简直像一群浪人在街上游行似的。不唱歌不欢呼的时候，便叽叽喳喳乱说话。本来不说话也不是不能走路，日本人都是生来就活在嘴头子上的，所以无论教员怎样叱责，也绝不肯听从。就是说话，也并不是无谓的乱说，而是讲老师的坏话，真是群下流的东西！值宿事件发生后，俺让学生们道了歉，俺满以为今后会好些，其实是大错特错。如果用房东婆婆的话说，就是错到八里半外去了。学生道歉并非出自内心的悔意，只不过是由于校长的强制命令，形式上低头认罪而已。这和商人一味低头为礼，但绝不会停止耍花招一样，学生也是道歉归道歉，恶作剧是绝不会停止的。仔细想来，人世也许就是由和这些学生一样的人构成的。别人向你道歉，向你赔礼，如果你信以为真，原谅了他，那你就是个诚实过头的傻瓜。你只要想，道歉也是表面道歉，原谅也是表面原谅，就行了。假如你真想让他道歉，那么你必须狠狠地把他打翻在地，直到使他真正后悔才行。

俺一进入班与班的间隔里，"炸虾面""糯米团子"这些声音就喊个不绝。由于是一大群人喊的，所以也就无法知道具体是哪一个，即使知道是谁说的，他们也肯定会说："炸虾面并非指的是您，糯米团子指的也不是您，那是因为老师过于神经衰弱，太多心烂肺了，才听成那样的。"这种卑鄙的习性，是从封建时代以来就养成的当地风习，不管你怎样苦口婆心地劝说，怎样开导他们，也终归是改不了的。在这样的地方，如果待上一年，说不定像俺这样干净的人也得跟他们学坏。俺对于对方使用这种事先准备好的逃避手段来污辱俺，决心置之不理，不去争个青红皂白。对方如果是人，那么俺也是人。虽然说他们还只是中学生，还只是孩子，可是，个头儿比俺还高哩。因此作为一种惩罚，如果不还报他们一下，似乎情理上也说不过去。不过，俺这边如果采取普通的方法进行还报的话，对方就会给你来个反击。如果俺说"是你们这些家伙不对"，由于对方预先就准备好了遁词，必然会振振有词、滔滔不绝地进行辩解。一方面进行辩解，把"理"表面上归在他们手里，然后来攻击你没有理。既然是出于还报，为了说明俺有理，如果不举出对方的"非"，就无法为自己辩护。也就是说，明明对方向你挑战，但却让一般人看成是你在跟他们无理取闹，这必然要吃大亏。那么，就随对方去，自己来个"大肚弥勒佛"包容下来，那就只能助长对方的气焰，说得严重些，这对社会也不利。因此，即便出于无奈，自己也必须使用与对方相同的手段，让对方抓不住把柄，搞一些让他们穷于应付的报复。如果真是必须这样的话，那么俺这个"江户儿"也就垮了。垮了当然不好，不过如果让他们这样搞俺一年，俺也是人嘛，那就顾不得垮不垮，不变成这样的人是别无出路的。看来俺只有一条路，那就是赶快回东京去，和清婆一起生活。到这种穷乡僻壤来，简直是专为堕落而来的。俺就是当个卖报小贩，也总比堕落到这步田地好啊。

俺一边这样左思右想，一边心烦意乱地跟着队伍向前走。突然，前面的队伍乱哄哄地闹腾起来，同时队伍也一下子停住了。俺觉得奇怪，便往右边离开队伍一点，向前方一看，在大手街的尽头、折向药师街的转角处，队伍堵住了，一阵子向前推去，一阵子又被推回来，拥来拥去的。

体操教员从前边折回来，声嘶力竭地喊着："静一静！静一静！"俺问他是怎么回事，他说："在转角处，我们中学和师范学校的学生冲突起来了。"普通中学和师范学校，据说在任何一个县里，都是像狗和猴子一样地交恶。究竟为了什么，很难说清，总之，这两种学校的校风就合不来。遇上点什么事，就要吵架。大概是因为在这种过于狭窄的小地方没事可干，所以把吵架当作了一种消遣来搞的吧。俺因为是喜爱打架的，一听说吵了架，也一半是为了瞧热闹，便向前跑去。一看，在队伍前头的一些学生不断地在喊叫："你们算老几！还不是靠地方税办的①？退后！退后！"队伍后边又有人大声喊叫："冲过去！冲过去！"俺穿过遮住俺视线的大堆学生，想要再往转角处多走一些的时候，猛地听到高亢的一声"开步走"的号令声，同时，师范学校那边的学生立即秩序井然地列队向前进发了。两校争夺谁先走的冲突，无疑是妥协了，也就是我们中学这方面让了一步。据说，从资格上说，师范学校方面，是要胜一筹的。

---

① 师范学校的经费是由地方税款中拨付的。又因师范生享受官费待遇，多为贫寒子弟，所以招来普通中学生的蔑视。

庆祝战争胜利的仪式非常简单。当地驻军的旅长念贺词,县知事念贺词,到会的呼万岁,这样就完事大吉了。据说下午有余兴演出,俺便暂且先回到家,写那封俺一直挂在心上的回复清婆的信。这次,清婆提出要俺写得更详细些,所以必须用心去写。但是,一旦俺真的铺开信纸,要写的事虽然很多,却不知从哪里写起才好。俺想写那件事儿吧,觉得那件事太麻烦;写这件事吧,又觉得这件事儿没多大意思。俺又想,有没有可以信笔写出,不费力气,而清婆又感兴趣的事儿呢?结果没有一件事儿似乎是她想知道的。俺磨了墨,蘸上笔,盯着卷纸——盯着卷纸,蘸上笔,磨了墨——几次三番地重复了这些同样的动作,后来终于明白了,像俺这样的人,是怎么也写不好信的,便死了心,把砚台的盖儿合上了。这种写信的事儿,太麻烦了,还是回到东京去,见面直接讲,要简便得多。俺也不是不理解清婆在惦记着俺,可是如果要像清婆嘱咐的那样去写,这比断食三周,还要难挨哩。

俺把毛笔和卷纸扔到一边,转身躺下,枕着肘臂,瞧着院子里。可心里仍然放不下清婆。当时俺这样想:只要像俺这样跑到老远的地方来，还在惦记清婆的安否，清婆就肯定能感受到俺的真诚。只要和清婆心灵相通，就无须再写信了。俺不给她信，她大概就会认为俺平安无事。信嘛，或者死了，或者生病，只要在出了什么事儿的时候，再写给她也就行了。

俺住的地方，有个大约三十多平方米的空旷庭院，也没有栽什么像样的树木，只有一株柑橘，高得可以从墙外把它作为标志，认清俺的住处。俺回到家来，总要欣赏这株橘树。对一个没有离开过东京的人来说，对地上长着的柑橘，感到很稀奇。那青青的果实逐渐成熟起来，将会变得黄澄澄的，肯定会十分好看的吧。就是现在，也有小部分已经半青半黄了。俺问过房东婆婆，据她说这是一种很富于水分、很香甜的品种呢。她说："等熟了，请您尽量吃吧。"俺说："那好，俺现在就每天吃它一些。"在这三个星期，就大吃特吃吧，俺总不至于在三个星期内就搬出去吧。

俺正在寻思橘子的事儿，想不到"豪猪"串门来了。他说："今天是战捷庆祝会，我想和你在一起打打牙祭，买来了牛肉。"说着便从衣袖里抻出一个竹叶包来，扔在地席正中央。俺在这家每天都吃白薯、豆腐，同时又正值不准俺去荞麦面馆、糯米团子铺的当儿，便叫了声："好极啦"，立刻从房东婆婆那里借来锅子和白糖，开始烧起牛肉来。

"豪猪"一边大嚼着牛肉，一边问俺："你知道'红衬衫'在艺妓里有个相好的吗？"俺说："当然知道，不就是前些天给'老秧'君开欢送会的时候，来的那些艺妓当中的一个吗？"他对俺大加夸赞说："对啦，我是最近才发觉的，你倒是蛮机灵哪。"

"豪猪"说："那家伙开口闭口说什么品德、什么精神娱乐，自己倒好，在背地里藏藏躲躲，和艺妓拉扯上啦！真不是东西！假如，他对别人的玩乐，睁只眼闭只眼，那还说得过去，可是他不是说你去荞麦面馆啦、糯米团子铺啦，都对学校管理上有害吗？不是通过校长之口，向你提出过警告吗？"

"嗯。按那个混账东西的想法，大概嫖艺妓是属于精神娱乐，炸虾面和糯米团子是属于物质享乐吧。既然是精神娱乐，那就应该大大方方搞嘛。看看他那缺德的样子！相好的艺妓一进来，他就马上离席而去，溜之乎也，以为这样就可以掩人耳目，真让俺看不上！而且在别人攻击他的时候，他总说什么'我管不着'啦、什么'俄罗斯文学'啦、'俳句和新体诗是两兄弟'啦，总想把别人给蒙住。他那种胆小鬼，算不得男子汉。简直像是御殿侍女①托生来的。说不定，他爹是汤岛相公堂子②里的相公哪！"

"你说的汤岛的相公，是什么玩意儿？"

"俺也说不好，大概是不像男人的东西吧——老兄，那还没煮熟哪，那样就吃，要长绦虫的。"

"是吗？恐怕煮得差不多了。说正经的吧，据说'红衬衫'时常到温泉镇的'角屋'去，瞒着人和艺妓相会哪。"

"角屋？就是那个旅馆吗？"

"就是那家旅馆兼饭庄。所以我认为，为了狠狠整他一顿，最好就是瞧准了那家伙带着艺妓去留宿的时候，当面去质问他。"

---

① 御殿侍女：日本天皇家、将军家及诸侯家后房的侍女，专以彼此造谣、陷害为能事。
② 日本江户时期，东京市内汤岛地方为相公（男妓）聚居的所在。

"你说要瞧准了,是说去整夜守候吗?"

"唔,角屋的前面,不是有个叫升屋的旅馆吗?咱们在那里租间临街的二楼房间,在纸窗上捅一小洞来监视他。"

"他准能在咱们监视的时候来吗?"

"会来的。不过,一个晚上不行,得豁出两星期……"

"那要累死人的呀。俺爹临死的时候,俺足有一个星期整夜地看护病人,后来头脑昏昏沉沉的,难受极了。"

"就是身子累点也没关系嘛。对这种坏蛋,如果就那么放过去,对日本也是不利的。我要代天行诛!"

"那太让人高兴啦。如果事情就这样定了,俺也来帮忙。那么,从今天起就去彻夜守候吗?"

"还没有向升屋打招呼呢,今晚上来不及了。"

"那么你打算什么时候开始哪?"

"反正最近就办。我会通知你的,你就来帮把手吧。"

"可以可以。什么时候俺都可以帮你。俺计谋不灵,可是要讲打架,别看俺块头不大,手脚灵活着哪。"

俺和"豪猪"正在反复商量如何整治"红衬衫"的策略,房东婆婆进来说:"学校的一个学生来了哦,想要见堀田先生。他说刚才到堀田先生府上去了，不在家，猜想是来这儿啦，所以找到这儿来了哦。"婆婆跪坐在门槛上等着"豪猪"的回话，"豪猪"说："嚯，有人来找我？"便走出房间，往大门那儿去了。不久他回来说："学生是来邀我去看余兴表演的，据他说今天从高知县特地来了一大帮人，是要来这里跳什么舞蹈的，请我务必去看，你也一起去吧。""豪猪"还是蛮有兴致的，劝俺和他一起去。俺嘛，要说舞蹈，在东京看得多啦。每年八幡庙会①的时候，表演舞蹈的彩车也巡回到俺住的那条街来，对于什么汲潮水舞②啦，还有什么舞啦，俺都熟悉得很。对土佐佬③胡折腾的舞蹈，俺本不想去看，不过难得"豪猪"这样邀俺，所以俺也动了去的兴头，同他一起去了。出门一看，俺还以为来邀"豪猪"的是谁呢，原来是"红衬衫"的弟弟。真奇怪，怎么竟然是他呢？

　　进入会场一看，好像和回向院里的摔跤比赛，或者和本

---

① 八幡神为日本民族固有的神道所崇敬的神之一，司掌弓马。
② 汲潮水舞：日本民族舞蹈的一种，展现少女汲取海水的优美动作。
③ 土佐佬：对土佐人的轻蔑称呼。土佐，古代四国中的一个地区，今属高知县。

门寺举行的法会①一样，四处竖着无数面长旗，空中四处扯满了绳子、铁丝，上面挂满了万国旗，就像把全世界的国旗都借来了一般。整个空中，一下子变得热闹非凡。在东边的角落上，搭了一个临时凑合起来的舞台，据说就在这上边，要表演所谓高知的什么舞蹈。离开舞台大约半町远处，用苇箔围了一块地方，陈列着各种插花。大家都怀着赞叹的心情在欣赏着，其实也是毫无可取的。如果对那种把花草和竹子弄得弯来绕去、七扭八歪而感到高兴，那还不如吹嘘自己有个驼背的情夫或瘸腿的丈夫，岂不更好！

在舞台正对面的地方，正在不断放烟火。从烟火中爆出一只纸气球，上面写着"帝国万岁"。从天守阁方面的松树梢上飘飘摇摇地飞过去，落到了旁边的兵营里。又是砰的一声，一个黑球，带着咻的声响，划破秋空，飞上去了。在俺的头顶上咯啦一声炸裂开来，青色的烟散开成伞骨状，一条一条地流向空中。又一个气球飞上了天，这次是红色的底子

---

① 本门寺系日本日莲宗四大本山之一，位于东京大田区池上，每年于日莲上人的祥月忌日（十月十三日）举行法令，群众提灯敲鼓来参拜。

上漏出白字，写着"陆海军万岁"，在风中飘荡着，从温泉镇朝着相生村方向飞去。大概是落在观音菩萨的那座寺院里了吧。

举行庆祝典礼的时候，人并不那么多，可现在却是人山人海，人头攒动，使俺老大吃惊：在这样偏僻的小地方竟会住着这么多的人！虽然很少能看到模样生得伶俐的人，但从人数来说，的确是不能小瞧它。过了没一会儿，有名的高知的什么舞蹈开始了。说是要跳舞，俺就以为一定是藤间①什么的，其实是大错特错了。

舞台上，一些男的，头上扎着向后打结的威武的手巾卷，穿着下摆扎在膝盖处的裙裤，十人一队，排成三行，这三十个人，手中都拿着脱鞘的刀，使俺吓了一跳。前列和后行只间隔一尺五左右，左右的间隔，相比之下也只短不长。只有一个人离开行列，站在舞台的边上。这个离开同伴的人，只穿了普通的裙裤，他头上省去了脑后打结的手巾卷，也不拿刀而是在胸前挂着一面鼓。他这面鼓和太神

---

① 藤间：即藤间勘右卫门，日本舞蹈家艺名，藤间流宗家。初代（1813—1851）为舞蹈动作设计师。

乐①所用的鼓是同一种。这个人随后便哼起"咿呀、哈啊"的悠长调子,一边唱着一种奇异的歌谣,一边砰铿砰铿地拍打着鼓。歌的调子非常奇特,闻所未闻。如果把它想作是三河万岁②和普陀洛③两者杂糅起来的曲调,大概是不会错的了。

歌子非常悠长,就像夏天的饴糖一样,扯不断拉不断。但为了断开句子,中间插进砰铿砰的一声鼓,让连绵不断中有了节奏。随着这种节奏,这三十把脱鞘刀,挥舞得闪闪发光。这又是一种极快的功夫,就连看的人都为他们捏一把汗。每个人前后左右在一尺五寸以内都有一个活人,那个人也是和这个人一样,手中的刀在抡动,如果动作的节奏稍有不齐,就会出现自家人打自家人、砍伤自家人的事。如果是人的身子不动,只是前后上下地挥动,还不至于出危险,但是有时这三十个人要同时踏脚,侧身向旁,有时又转身向

---

① 太神乐:原为伊势神宫举行的一种演艺。这里指表演舞狮子、耍盘子等杂技的伴奏乐。
② 三河万岁:日本本州中部三河地方(今属爱知县)流行的"万岁"。"万岁"系每年年初打腰鼓、唱吉庆词的一种舞蹈表演。
③ 普陀洛:一种僧侣咏歌的名称,这里指它的曲调。

后，有时又屈膝下蹲。旁边的人一旦快一秒或慢一秒，说不定就会砍掉自己的鼻子，或者让旁边的人的脑袋被削掉一块肉。刀固然可以自由自在地挥动，但挥动的范围，被限制在一尺五寸见方的空间里，而且必须按同一方向、同一速度来挥舞，这真令人惊奇！这可绝不是汲潮水舞或《关扉》①所能望其项背的。一打听，这需要非常熟练的功夫，不是轻易能这样节奏一致的。尤其最难的是那位击着"万岁调"的砰铿砰先生，整个三十个人的脚步和胳膊的舞动、腰的弯曲，都由这位砰铿砰先生发出的节拍来决定。从表面看，这位老兄好像显得最若无其事的样子，自由自在地哼着"咿呀、哈啊"的调子，其实他的责任最重，最费力气，真是叫人不可思议。

俺和"豪猪"对这个舞蹈钦佩得五体投地。正看得入神，就听到前方突然喧嚷起来，刚才还在平静地欣赏着各处节目的人群，这时突然大乱，左右蠢动起来。俺刚一听到几声"打架啦，打架啦"的叫声，就见"红衬衫"的弟弟，从

---

① 关扉：日本歌舞伎舞蹈，原名《积恋雪关扉》，天明四年（1784）首演。

人群的肘下钻过来说："老师，又打架了。中学方面是在报复今天早上的事，正和师范学校的家伙们进行决战。请快来！"说罢，他又钻到纷乱的人群里，不知跑到哪儿去了。

"豪猪"说："真是给人添麻烦的一群孩子，又闹出乱子来了，省点事该多好。"说着，他躲开逃跑的人群，一直往前方跑去了。他大概是因为不愿袖手旁观，打算去安抚学生们吧。俺，不用说，当然也不想躲开，紧跟"豪猪"的脚踵，立刻跑到打架的现场去了。殴斗正进行得不可开交。师范方面大概有五六十人之多，中学方面恐怕比他们还要多上三成。师范方面，都穿着制服，中学方面，在庆祝会后大多换上了和服，所以是敌是友，一目了然。但因为双方你揪我我推你，正在混战，所以想要拉架，简直不知道该从哪里下手、怎样下手才好。"豪猪"表现出不知如何是好的样子，瞧了老半天这种混乱的状况，然后朝着俺说："既然闹成这个样子，又有什么别的方法呢？挤进去把他们拉开吧，警察来了就不好办了。"俺没说话，便立刻朝着打得最凶的地方，一下子挤了进去，声嘶力竭地喊道："停止！停止！你们这样胡闹，要影响学校名声的。为什么还不停止？"俺想要从双方的分界线横插进去，但很不容易办到。俺刚挤进去一两间远，就前进不得、后退不能了。在俺的面前，一个身材比较高大的师范生和一个十五六岁的中学生正揪扯在一起。俺说了句"让你们放开，不听吗"，便抓住那个师范生的肩头，想要把他们硬给分开，可就在这个当儿，不知是谁，从下边抄住了俺的一条腿，俺没有防备，放开抓住了的肩头，横倒下去了。有一个家伙穿着坚硬的皮鞋踩在俺背上，俺用两只胳膊和两个膝盖拄着地面，跳了起来，蹬在俺身上的那个家伙，便从右边掉了下去。俺站起来一瞧，在约莫三间远的前方，"豪猪"的巨大身躯正夹在学生中间，被拥来拥去。他口中嚷道："住手！住手！不要打架！"俺朝他喊了一下："喂，拉不开呀！"大概他听不见，没有回答。

嗖的一声，飞来一颗石子儿，一下子打中了俺的颧骨，这时又有个家伙，从背后给了俺一木棍。"当教师的居然也来参战了，打！打！"有人这样喊。"有两个教师呢，一个大个儿，一个小个儿，扔石子儿揍他们！"也有人这样喊。俺说："你们少张狂！乡巴佬！"猛地朝他的头部给了一拳。嗖地又飞来一颗石子儿，这次从俺的光头掠过，飞向后边去了。俺担心"豪猪",可又看不见他。事情既已如此,也就顾不得了。最初俺们是为劝架挤进来的,可是又挨搡,又挨石子儿,难道就这样胆怯地退下来吗?天底下哪有这样的废物蛋!俺想:你们以为俺是谁呀?别看俺个子矬,可是个在专门打架的地方磨炼出来的好汉哪。俺拼命地打过去,又被别人打过来。不久,就有人喊道:"警察来啦,警察来啦,快跑!快跑!"刚才还像在葛粉糨糊里游泳似的,手脚都活动不开,现在一下子变得轻松了。再一看,双方都已跑得精光。没想到这些乡巴佬在退却的时候,却巧妙得很,比库罗帕特金①还要高明。

俺想:"不知'豪猪'怎样了。"一瞧,他那带有家徽的礼服大褂,好多地方都扯破了。他正在那边擦着鼻子,大概是鼻梁挨了打,出了很多血。整个鼻子都肿了,变得通红,很难看。俺穿着的碎白点花纹布夹袍,虽然沾满了污泥,但没有像"豪猪"的大褂那样撕破得厉害。但是俺的脸,却火烧火燎似的,痛得受不了。"豪猪"告诉俺说:"你出了好多

---

① 库罗帕特金(1848—1925):俄国将军,日俄战争期间任远东军总司令。

血哪。"

警察来了十五六名。由于学生们都朝相反的方向跑掉了，因此，被抓住的，只是俺和"豪猪"两个人。俺们把姓名告诉他们，讲了整个事情的原委，他们说："总之，你们来警察署一趟。"俺们去了警察署，在署长面前讲了事情的整个过程，然后回了家。

十一

第二天，一觉醒来，整个身体痛得受不了，大概是因为好久没有打架了，所以才出现这样的反应吧。"照这样，俺再也不敢自夸会打架了。"俺正在被窝里这样寻思着，房东婆婆拿来《四国新闻》放到俺枕旁。老实说，就是报纸也懒得读，但一想到："一条男子汉，为了这点子事就不灵了，那还了得！"便咬紧牙关俯卧着翻开了第二页，一看，好家伙，昨天打架的事已给登出来了。登出打架的事不足为奇，令人惊奇的是，上面写着："中学教师堀田某和最近从东京赴任而来的、傲气十足的某人，唆使温良之学生，不但惹起此事端，而且两人还亲临现场，指挥学生，公然对师范生肆加暴行。"然后还在后边附上了如下的评语："本县中学，夙以善良温雅之风气，为全国所羡望。今以此轻薄二竖子之故，使我校此一殊荣，遭受毁损；使全市为此不严肃之行为，蒙受玷污。事既如此，吾等不得不愤然而起，纠问其责。吾等相信，在吾等采取行动之前，当局必然对此等无赖之徒，加以相当处分，俾彼等再无立足于教育界之余地也。"而且在每一个字的旁边都加上了黑点，企图把人置于死地。俺在被窝里大叫一声："去他娘的！"一跃而起。奇怪得很，刚才周身关节还痛得要命，可一跳起来，就像整个忘了似的，身子突然轻快起来。

俺把报纸揉成个团儿，摔到院子里去，但还觉不解恨，又特地把它捡回来，拿到茅房去，扔到茅坑里。报纸这种东西，真是谎屁精！要说人世上什么最能吹牛，恐怕再也没有比报纸更会胡吹的了。本来应该由俺说的话，都变成对方装模作样的话了。还有，"最近从东京赴任而来的、傲气十足的某人"，这成什么话！难道天下会有个名叫"某人"的吗？也不想一想，俺这个人也是有名有姓的咧。如果你们想要看看家谱,那你们就得朝俺的祖先——自多田满仲以来的历代祖先拜个不停哩。俺洗了把脸,脸庞突然疼起来了。俺对房东婆婆说:"借面镜子看看。"她问俺:"今天早上的报纸您看过了哦?"俺说:"看了,被俺扔进茅坑里了。你想看,自己去捡回来!"她吓了一跳,退下去了。俺用镜子照了一下面孔,和昨天一样,仍带着伤。别小看俺这张脸,这也是宝贵的脸嘛。脸被弄得处处是伤,还被说成是什么"傲气十足的某人",按说,只称个"某人",不就蛮够了吗?

如果让人家说,俺是因为今天的报纸,感到招架不住,不敢去上课了,那将是一辈子的耻辱。所以俺一吃完早饭,便头一个到学校去了。每进来一个教员,一看俺的脸,便都嘻嘻地笑起来。这有什么可笑的?俺的脸又不是请你们这些家伙给弄的!过了一会儿,"蹩脚帮"也来了。"呀!昨天您立了大功啦——您这是光荣负伤呀。"他大概是对欢送会时俺揍了他进行报复,所以对俺冷嘲热讽。俺回答说:"你少废话,还是舔你的画笔去吧。"他说:"您太言重啦,不过,您一定很痛吧。"俺吼叫道:"痛也罢,不痛也罢,反正是俺的脸,用得着你操心吗?"他回到对面他自己的座位上去,和邻座的历史教员悄悄说些什么，仍在瞧着俺的脸笑。

接着，"豪猪"也到学校来了。说到"豪猪"的鼻子，都肿成了紫茄子色。看来，如果把它捅破，很可能从里边流出脓来。也许是因为他太逞能了吧，比起俺的脸来，他挨的揍要厉害得多。俺和"豪猪"桌子相连，是邻座的亲密关系，不但如此，倒霉的是俺们的桌子正面对着门。并排地摆着两张怪脸，其他的人只要无事可干，就一味地看着俺们。他们嘴头子上虽然说："真是意外之灾……"但内心里肯定认为："这两个傻瓜……"如果不是这样，他们绝不会那样不时小声谈论之后，嘿、嘿、嘿地笑呀。到教室去上课，学生们用鼓掌来欢迎我，有两三个人还喊道："老师万岁！"也不知道是大家都来了劲儿呢，还是他们在有意捉弄俺？在俺和"豪猪"成了受人注意的焦点时，唯独"红衬衫"和往常一样，来到俺的身旁，半是道歉地说："真是无妄之灾呀。我对你们深表同情。报上的报道，我和校长商量后，已经办好了更正手续，请不必担心。是我的弟弟邀堀田君一起去的，所以才发生了这件事，我觉得很对不起。因此，关于这件事，我决心全力以赴，请你们多予谅解。"在第三节课时，校长从校长室走出来，略微带着担忧的神色说："报纸上刊出让人头疼的事来了，如果事情不再闹大就好了。"俺倒是什么也不担心。假如要免职，那俺在免职之前先提出辞呈就是了。不过，俺自己并没有错，如果俺先掼纱帽，那就只能使那些胡吹的报混子更加嚣张，所以俺决心把这个教员一定干到底，让报混子进行更正，这才合乎道理。在从学校回来的路上，本想去找报混子进行交涉，但因为学校已经说办了更正手续，所以俺就不去了。

俺和"豪猪"，找了个校长和教务主任有空闲的时间，向他们如实地汇报了情况，校长和教务主任下结论说："果然不出所料，报馆的人，对学校抱有积怨，才故意刊登那种消息的。""红衬衫"在教员休息室里走到每一个人跟前，替俺两人的行为进行辩护，尤其是把他的弟弟去邀"豪猪"这件事，当成他自身的过错似的，到处去讲。大家也都说："这一切都是报混子不好，真是岂有此理，两位先生确实是无妄之灾。"

在回家的路上，"豪猪"提醒俺说："你要知道，'红衬衫'这家伙值得怀疑，如果不多加小心，就会吃亏上当呀！"俺说："反正他这个人不是今天才值得怀疑的。"他提醒俺说："怎么，你还没有明白过来呀？昨天，故意来邀我们去，让我们卷入打架事件里边去，这是诡计呀。"不错不错，俺还没有想到这点，俺佩服地想：别看"豪猪"为人粗鲁，可是个比俺有见识的人哩。

"他想方设法让我们去打架，然后立即和报混子联系，让他们写了那样的一段报道，真是个阴险的东西！"

"连报纸也和'红衬衫'一个鼻孔出气呀，可真没想到。但是，报纸就那么轻易地听命于'红衬衫'吗？"

"说什么听命不听命，只要在报馆里有熟人，就简单得很嘛。"

"他有熟人？"

"没有熟人也没问题嘛。扯个谎，说什么事实如此如此，就会立刻写成消息的。"

"真不像话！如果真是'红衬衫'的诡计，那俺们说不定会因为这事被免职哩。"

"弄不好，说不定会被免职的。"

"要是那样，俺明天就提出辞呈，立刻回东京去。在这种卑鄙的地方，就是求俺，俺也不愿意再待下去。"

"你就是提出辞呈，'红衬衫'也不关痛痒。"

"那倒也是。咋样才能让'红衬衫'感到痛呢？"

"那种坏蛋，每干一件事，总在尽力琢磨，让你怎么也抓不住把柄，所以反击是非常困难的。"

"真难办啊。那么说，俺们就只好背黑锅啦！真气人！这简直是'天道是耶非耶'！"

"别急，让咱们看它两三天的情况再说。假如真到了最后，那就只好到温泉镇去抓他的真凭实据啦。"

"打架事件，仍用打架事件来解决吗？"

"对啦，我们按我们的办法干，抓他致命的地方。"

"这也好。俺在想计策上是极笨的，一切全指望你啦。只要需要俺干，俺干什么都可以。"

俺和"豪猪"讲完就分手了。如果"红衬衫"真像"豪猪"所猜想的那样策划了这件事儿，那他可太不是东西啦。比计谋，那是怎么也比不过他的。那就只能诉诸武力。怪不得世界上老是战争不断。就是个人，说到底，也是武力解决一切嘛。

次日，俺急不可耐地等来了报纸，打开一看，不要说更正了，就连取消的字样也没有看到。到学校去催"狗獾"，他说："大概明天会登出来吧。"又过了一天，看到报上用六号字登了一条小小的取消声明，当然并未进行澄清。又去和校长交涉，回答是："只能那样，不能再有别的办法了。"校长这个人，模样虽然长得像"狗獾"，总喜欢穿上他那大礼服来装人，但却意外地毫无势力，连让刊登虚假报道的地方报纸搞个道歉的启事都办不到。俺火冒三丈："要是那样，我自己去和主笔交涉去。"他说："那不成！你要去交涉，那又会写你的坏话。"他还用和尚说法似的口吻来开导俺一番，那意思是：一旦被报混子写成报道，那就不管是假也好，是真也好，总之是惹不得的，只好认了。如果报纸就是这样一种东西，那么早一天把它砸烂，岂不对天下人更有好处？正所谓一旦被上了报，就会和被甲鱼咬住了一样。这点，此时此刻，通过"狗獾"的说明，俺才算真正谨敬领教了。

又过了三五天。一天下午，"豪猪"来到俺的住处，愤愤然说道："时机终于来到了，我决心实行我那个计划。"俺说："是吗？那么俺也和你一起干。"当场俺就加入了他这一伙，但是"豪猪"却侧着头说："最好，你还是不要和我一起干。"俺问："为什么？"他回答说："校长找了你，让你提出辞呈了吗？""不，他没有跟俺说，那么你呢？"俺反问他。他说："今天在校长办公室里，我被通知说：'实在遗憾得很，但迫于不得已的情势，请你下决心辞职吧。'"

"哪有这种处分呀。'狗獾'大概是敲他那大肚皮敲过火啦①，把内脏的位置都弄颠倒了吧。你和俺一起去参加庆祝会，一起去看高知的抡刀舞。而且，不是为了去劝架，才一起挤到队伍里去的吗？如果说要提出辞呈，那就应该让俺们两个人同时提出，才公平合理。为什么这种穷地方的学校，这样是非不分呢？真急死人啦。"

"那是'红衬衫'背地里指挥的，我和'红衬衫'由于以往的过节，已经势不两立。而你，他认为就是像现在这样把你留下来，对他也构不成威胁。"

"俺也是和'红衬衫'势不两立的呀，认为俺构不成威

---

① 日本民间传说，在祭神的夜晚，当郊外的狗獾听到祭神的神乐传来，众狗獾就会聚到一起，拍打它们的肚子，和神乐的节奏相应和。

胁，真是太高看他自己啦。"

"他考虑的是，你十分单纯，所以即便把你留下来，也只需用点什么办法就可以把你糊弄过去的。"

"那就更可恨了！谁会和他和平共处呀！"

"还有，前些日子，古贺调走以后，古贺的继任者因故还没到校，在这种情况下，如果把你和我同时撵出去，学生的课就要空出来，上不成课啦。"

"那么说，他们是想要俺做临时工，给他们接短儿呀！他娘的，俺才不上他们的当哪。"

第二天，俺去学校，到校长办公室里去进行了如下交涉——

"你们为什么不叫我提出辞呈？"

"你说什么？"

"你们让堀田提出辞呈，总不该不让我提出辞呈吧？"

"那是根据学校的情况……"

"你们的那个'情况'，根本就是错的嘛。如果我可以不提出辞呈，那么堀田不是也不需要提出了吗？"

"关于这个问题，我不便说明——堀田君离职，这也是迫不得已的。至于您嘛，因为我们不认为您有必要提出辞呈。"

（当时的横地石太郎校长及其对《哥儿》的批注）

果然是个狡猾的"狗獾"。只在那里胡诌一些令人摸不着头脑的话，而且一点也不慌不忙。

俺看谈不到一起去，便说道："那么我也决定提出辞呈。您也许认为让堀田君一个人辞职，我可以若无其事地留下来，我可做不出那种不合乎人情的事。"

"那怎么成？堀田走了，你也走了，那样，学校的数学课就整个没人教了……"

"没人教？那我管不着。"

"老兄，你可不该这样任性，你也得稍微体谅一下学校的处境嘛。再说，你来了才只有短短的个把月，要是现在就辞职不干了，会影响你将来的履历嘛。这一点，希望你稍微考虑考虑为妙啊。"

"管它履历不履历呢，比起履历，情谊更重要得多。"

"你说得有道理——你所说的没有一样不合乎道理。但是我所说的，也请你体谅一下。如果你非要辞职不可，那你也可以辞职，但希望在接替的人到来之前，请你继续干一段时间。总之，希望你回去后再重新考虑考虑。"

他让俺重新考虑，但道理明明白白，再也无须考虑了。但是，看到"狗獾"的脸色青一阵红一阵，怪可怜的，于是俺答应他再考虑，便出来了。和"红衬衫"一句话也没说。反正俺是要整治他的，最好把事攒到一块儿，狠狠地整他一顿。

俺把和"狗獾"交涉的过程向"豪猪"讲了。"豪猪"告诉俺：他早已料到会如此的，辞呈不到最后，不提出也没关系。因此俺就按他的话办了。看来，"豪猪"这个人比俺聪明，俺决定一切按"豪猪"的忠告行事。

"豪猪"终于提出了辞呈，向全体教员辞行了以后，就搬到港口上的港屋旅馆里去了。他偷偷地又从那儿溜了回来，藏在温泉镇升屋二楼临街的一间房间里，往窗纸上捅了一个洞，从那儿窥视外面。知道这件秘密的，恐怕只有俺一个人吧。"红衬衫"如果悄悄地来，肯定是要在夜间的。如果他在傍晚的时候来，还有可能让学生或其他人看见，所以他最早也得九点过后才来。头两个晚上，俺也一直守候到十一点，连个"红衬衫"的影子也未见到。第三天从九点守候到十点半，还是无结果。再也没有比一无所获地回到住处来，更加令人丧气的了。这样过了四五天，俺住处的婆婆开始为俺担心起来，她给俺忠告说："您是个有太太的人，最好别在夜里闲逛哦。"俺这闲逛可和那种闲逛不同，俺这是代天行诛的闲逛哩。话虽这么说，但这样足足去了一个星期，一点也未见灵验，也就有点厌烦了。俺是个急性子，所以一旦认真起来，就是整宿不睡也能干工作。相反，不知为什么，却从来不持久。尽管这次是代天行诛，但还是免不了产生腻烦情绪。到了第六天,俺就有点烦了。到了第七天,俺就想干脆算了吧。在这点上,"豪猪"却顽固得很。从傍晚到十二点多钟,他的眼睛从不离纸窗子,目不转睛地瞪视着角屋圆罩瓦斯灯的下边。俺一去,他就告诉俺统计数字,说今天角屋有多少客人,有几名是住下的,几名是女客,使俺为之惊叹不已。俺说:"他是不是不来了?"他答道:"唔,按理说他会来的啊……"他在这期间总是不时地双手抱胸、叹气。真可怜呀,如果"红衬衫"不给俺们到这儿来一次,那么"豪猪"加以天诛的事,就一辈子也无法实现了啊。

到了第八天,俺七点钟从住处出来,先从从容容洗了个澡,然后在街上买了八个鸡蛋——这是为了应付房东婆婆每天都给俺吃白薯的对策。俺把鸡蛋一边四个分别装进两边的衣袖里,把俺那红毛巾搭在肩上,揣着两只手,爬上了升屋的楼梯。刚一拉开"豪猪"房间的纸门,"豪猪"那像韦驮的面孔上,一下子闪现出光彩,他对俺说:"有希望,有希望。"到昨天夜里为止,他一直有些打不起精神的样子,就连俺从旁看去,也都感到怪难受的。看到他现在的这个模样,俺也一下子高兴起来,还没有来得及向他打听个究竟,就连声说:"好极啦!好极啦!"

"今晚上七点半钟,那个叫小铃的艺妓进角屋里去了。""豪猪"说。

"和'红衬衫'一起?"

"不。"

"那么说,又泡汤啦。"

"艺妓是两个人同来的——看来有希望。"

"为什么?"

"你问为什么,他是个那样狡猾的家伙,很可能先把艺妓打发来,随后自己再悄悄地来。"

"也许是这样。已经九点了吧?"

"豪猪"从腰带里掏出一只镀镍的怀表,看了看说:"现在刚刚九点十二分。"然后又对俺说,"喂,把煤油灯吹灭!咱们的两个光头映在纸窗子上,可不妙,那老狐狸马上就会起疑的。"

俺把放在小漆桌子上的煤油灯,噗地一口气吹灭了。在星光照耀下,只有纸窗子稍微有些发亮。月亮还没有上来。

俺和"豪猪"拼命地把脸凑到纸窗子上，连大气儿也不敢出。挂钟"当——"地敲出了九点半报时的声音。

"喂，会来吗？今天晚上再不来，俺可再也不想干下去啦。"俺说。

"我是只要还有钱付房费，就决心干到底。"

"钱！你还有多少？"俺问。

"到今天为止，八天的房费，我已经付了五元六毛钱。为了随时都可以离开这儿，每天晚上都结一次账。"

"你想得真周到，旅馆一定很吃惊吧。"

"旅馆方面倒没什么，只是我这样一直紧绷着，受不了。"

"不过，你总可以睡午觉的嘛。"

"午觉是睡的，可是不能外出，憋死人啦。"

"代天行诛，是要费力气的啊。如果这么搞了，最后还是来个'天网恢恢疏而漏'①，那可就没意思咧。"

"哪里，今天晚上准来——喂，喂，快看，快看！"他

---

① 这是反用汉文成语"天网恢恢，疏而不漏"。

放低了声音说。俺不由一震：一个戴黑帽子的人，在角屋的瓦斯灯下仰头看了看，然后就朝着暗处走过去了。不是他！又弄错人啦。这当儿，账房里的挂钟又无情地敲了十下。看来，今天晚上终于又白等啦。

周围变得静悄悄的，妓馆一带敲打的鼓声，听得异常分明。月亮从温泉后山上，猛孤丁地露出了面孔。街道上立刻明亮起来。就在这时，下边传来了人声。俺们不便从窗子往外探头，所以无法认清是谁，但是好像人越走越近，可以听到拖着木屐的啪嗒啪嗒的脚步声。他们走近了，俺斜着眼睛看去，可以勉强望见两个黑影。

"这回好啦，把那个捣乱鬼撵跑了。"是"蹩脚帮"的声音无疑。"他们只会蛮干，不懂策略，有什么用？"这是"红衬衫"的声音。"那家伙也和耍贫嘴的是一路货色。提到那个耍贫嘴的，是个好打抱不平的哥儿，倒怪招人稀罕哩。""说什么不愿意增加薪水啦，什么要提出辞呈啦，那东西肯定是有点神经异常。"俺真想打开窗子，从二楼跳下去，把他们打个落花流水，好不容易才强忍住了。这两个人哈哈狂笑着，从瓦斯灯下钻过去，进到角屋里去了。

"喂!""豪猪"说。

"喂!"俺说。

"来喽!"

"到底来了。"

"我这才算是一块石头落了地。"

"'蹩脚帮'这个混账东西,胡放屁,说俺是什么好打抱不平的哥儿。"

"捣乱鬼是指我说的呀!真是岂有此理!"

俺和"豪猪"必须埋伏在两个人回去的路上揍他们。但是他们两个什么时候出来,却拿不准。"豪猪"下到一楼去向旅馆的人打招呼说:"今天晚上也许半夜里有事,得出去一趟,请给留门。"现在回想起来,真难为旅馆就那样答应了。按一般常情说,很可能要把俺们当成做贼的哩!

等待"红衬衫"前来,固然是活受罪;但这样一动不动地等他们出来,更是受活罪。又不能睡觉,老是这样从纸窗洞往外死盯着,也是受罪。这真是从未尝过的难受滋味,心里是左也静不下来,右也静不下来。俺提议说:"还不如干脆闯进角屋,来个当场抓获呢。""豪猪"一句话就把俺的提议给驳倒了："如果咱们现在闯进去，就会有人说我们是来闹事的，中途会把我们拦住。如果我们讲清理由，要求见他们，那么不是回答没有此人，就是把咱们让到另外的房间里去。即便是我们能出其不意，闯进里边去，里边有好几十间客房，也肯定无法知道他们究竟住在哪间客房里。宁可等得难受也得等，除了等他们出来，此外没有更好的办法。"听了"豪猪"这段话，俺这才总算忍住了，终于一直忍到了凌晨五点钟。

一瞧见从角屋出来的两个人影，俺和"豪猪"便立即跟踪而去。因为当时头班火车还没有发车，他们两个人必须一直步行回到城下街①去。走出温泉镇，有一条一町来长、两侧栽着杉树的路，路两旁都是水田。再从那儿走过去，就是散在四处的茅屋，然后就会来到贯穿田野、通往城下街的土堤上。俺们想：只要离开温泉镇，在哪儿追上他们，都没关系。不过还是在没有人家的杉树路上抓住他们为好。俺们时隐时现地跟在他们后边走去。离开了小镇后，俺们就换成了

---

① 城下街：指学校所在的松山市内。

跑步的姿势，像疾风一般从后边追了上去。他们俩不知后边来了什么人，吃惊地回过头来，俺们立即抓住这两个家伙的肩头，喊了声"等等"。"蹩脚帮"显出狼狈的样子，拔脚就想跑，俺转到他前边去，挡住了他的去路。

"你一个当教务主任的人，为什么到角屋去过夜？""豪猪"立刻发出质问。

"请问，有哪条规定说不准教务主任在角屋过夜吗？""红衬衫"这时仍然在使用客气的语调说话，但脸色已见苍白。

"像你这样循规蹈矩的人，不是连去荞麦面馆、糯米团子铺，都认为对学校管理有碍吗？那你为什么和艺妓到旅馆去睡觉？""蹩脚帮"想钻空子逃跑，俺立刻在前边拦住他，冲他怒喝道："什么叫做耍贫嘴的哥儿？"他恬不知耻地辩解说："不，那绝不是说你，绝对不是。"俺这时才发觉，俺在用两只手攥着俺自己的衣袖哩。在追赶他们的时候，衣袖里的鸡蛋摇来晃去，很碍事，所以俺是用两只手捏着衣袖跑来的。俺一下子把手伸进衣袖里，拿出两个鸡蛋，喊了声"看打！"就把它摔到"蹩脚帮"的脸上了。鸡蛋"咔嚓"

打碎了,蛋黄从他鼻子尖上滴滴答答地流了下来。"蹩脚帮"大概是吓得魂飞魄散了,"哇"地惊叫了一声,就跌了个屁股蹲儿,连声叫"饶命"。俺是为了自己吃才买来了鸡蛋,并不是为了打人才放到衣袖里的。只是因为俺气极了,所以才忘乎所以地用它打了"蹩脚帮"。可是当俺看见"蹩脚帮"吓得一个屁股蹲儿跌在那里,俺这才发觉这样的打法是收效了,于是俺一边骂着"混蛋!混蛋",一边把剩下的六个鸡蛋全都狠命地摔到"蹩脚帮"的脸上,"蹩脚帮"满脸变成黄的啦。

在俺往"蹩脚帮"脸上摔鸡蛋的当儿,"豪猪"和"红衬衫"还在进行谈判哩。

"您有什么证据可以证明我带艺妓去住旅馆吗?""红衬衫"说。

"昨天傍晚我是看到了和你相好的艺妓进入旅馆才说的,你骗不了人!""豪猪"喝道。

"我没有必要骗人,我是和吉川君两个人住在旅馆的,艺妓昨天傍晚来了也好,没来也好,和我不相干。"

"住口!""豪猪"给了他一拳。"红衬衫"晃了晃说:"简直是暴行,是胡来。不分是非曲直,就诉诸武力,太不像话了。"

"不像话就不像话!""豪猪"又咚地给了他一拳,"像你这样的坏蛋,不揍你,你是不会老实的。"说着,又咚咚连续揍了起来。俺同时也狠狠地把"蹩脚帮"揍得直不起腰来。最后这两个人蹲在杉树根子底下,也不知是动弹不了呢,还是眼睛冒出了金星,都没有跑。

"揍够你没有?如果嫌揍得不够,那就再揍。"俺们两个人,边说又边把他们咚咚地揍了一顿。"红衬衫"答道:"够啦。"俺问"蹩脚帮"说:"你这个家伙也揍够啦?"他回答说:"当然够了。"

"豪猪"说:"你们这两个家伙都是奸狡货,所以我们才这样代天行诛的。你们受了这次惩罚,以后可要老实点。不管你们怎样能说善辩,正义是饶不了你们的。""豪猪"这样说了,这两人都一声不吭。说不定他们被揍得连开口的劲头都没有啦。

"我既不躲藏,也不逃避,今天晚上五点以前我在海滨港屋等你们。你们如果想告状,警察也好,什么人也好,让他们来吧。""豪猪"说罢,俺接着说:"俺也既不躲藏,也不逃避,听见没有?俺和堀田待在一块儿等你们,你们想要找警察就随你们的便!"然后俺们便大步离开了。

俺回到俺的住处是七点前一些。一进屋子,就立刻捆起行李来。婆婆吃惊地问道:"您要干什么哦?"俺说:"婆婆,俺这是去东京,把俺太太接来。"俺结算了房费,立刻坐小火车到海滩去,进了港屋,"豪猪"正在楼上睡觉呢。俺想马上写辞呈,但又不知怎样写才好,于是写了下边的字样:鄙人因故辞去教职,遄返东京,将特此旨奉闻,谨启。然后封好寄给了校长。

轮船是夜里六点钟开航。"豪猪"和俺都困倦得很,呼呼睡了一大觉。醒来的时候,已是午后两点,问了问旅馆的侍女:"警察是否来过?"回答说:"没有来。""'红衬衫'和'蹩脚帮'都没有去找警察啊。"俺们两个人大笑了一番。

那天夜里,俺和"豪猪"便离开了这片不干净的土地。船离开得越远,心情越觉得畅快。从神户换乘直达东京的火车,到达新桥以后,才算产生了又回到人世上来的感觉。在那里,俺和"豪猪"立刻分手了,直到今天,再也没有机会重逢。

俺忘记提起清婆的事啦——俺回到东京后，连公寓也顾不得找，拎着皮包就跑去了："清婆呀，俺回来啦。""哎呀，哥儿，您回来得真快啊。"清婆簌簌地滴着泪说。俺也高兴极啦，说："再也不去那种穷地方啦，俺要待在东京，和清婆你一起住。"

后来，俺经人介绍，在"街铁"①那里当了一名技术员。月薪二十五块钱，房租六块钱。清婆住在这虽然没有玄关的房子里，也还是十分满意的。遗憾的是，今年二月，她得了肺炎，故去了。死去的前一天，她把俺叫到身边说："哥儿，我求您答应这件事儿，我死了，请您把我埋在哥儿的檀越寺②里，我在坟墓里等着哥儿您来。"因此，清婆的墓，就在小日向的养源寺里。

---

① 街铁：东京市街铁道株式会社的简称，开发有三田线、新宿线及市谷线等，1911年被东京市收购。
② 檀越寺：日本江户时期，统治者规定一般平民百姓都必须归依一座佛教寺庙，每户的人死后就葬在那座寺庙中，这座寺庙就成为那户人家的檀越寺。

（哥儿原型弘中又一，与夏目漱石几乎同时到松山中学赴任，当时已成婚，任职八个月后调任。曾向《文艺春秋》杂志写信说明"哥儿并非单身"。）

译后记

译毕《哥儿》，聊赘数语，一方面自庆释去重负，一方面也聊以表示自惭。

翻译《哥儿》这样的作品，译者经历了从未经历过的某种不安。因为在如何传达这部作品的特异风格，如何传出原作的语言妙味以及其他蕴含在原作中的种种要素，都给译者很大的负担。译后通读，总觉得才微力绌，手不应心，能否在某种程度上无负于原作的意趣，对此，译者不能不深感担心。

翻译之为事，信固不易，雅则尤难。译者所理解的雅，当然不是那种不顾原作，但求雅驯之谓；而是指力求传出原作的风姿、它的特异的风格与韵味，也就是原作固有的美。就《哥儿》这部文学作品而言，作家夏目漱石的创作个性，语言运用上的民族传统，作品中人物的性格特征，如此等等，都是译者在动笔之前，必须一一加以推敲与玩味的。但是这只是做到了应做的一半，即使是对原作的精神体会了、消化了，一旦迻译到文化背景和民族语言传统迥然不同的另一种民族文字来，其整体效果必然大为减弱。特别是像《哥儿》这样全篇充满了幽默风趣、民族语言特色极为浓重的作品，更加重了译者落笔的为难之感。

同一个作家，同一个时期的作品，也往往在风格上有很大的差异。如同是夏目漱石早期作品的《我是猫》和《哥儿》，尽管都以幽默、讽刺见长，但在语言风格上仍然各具特点。前者的幽默感——它的诙谐、调侃、揶揄、嘲讽，都来自作品中特定的人物身份，来自所谓现代竹林七贤式的"清谈"，从而这部作品的语言，也就忽而希腊罗马，忽而老庄儒释，忽而方言俚语，亦庄亦谐，嬉笑怒骂皆成文章。而《哥儿》的文体风格，又别具一格。《哥儿》的文体，首先发挥的是哥儿自叙口吻的妙味。哥儿不像《我是猫》中的那群高级知识分子，哥儿既不会言必称希腊，也与老庄的思想无缘。在哥儿的血液中倒是渗透着一般的庶民精神。哥儿经常以"江户儿"自诩。所谓"江户儿"，它起源于江户时期带有半流氓无产阶级的侠客式的人物形象，是经过民众加以理想化了的艺术典型。原作者正是把这种令民众有亲近感的"江户儿气质"，赋予哥儿身上，并加以现代化，使之切合哥儿的社会地位，塑造出哥儿的鲜明性格。《哥儿》是一部自叙式的作品，在语言上必然取决于哥儿的性格特征。因此，在翻译《哥儿》这部作品时，哥儿的叙述口吻，是粗不得、雅不得的。过粗则不合哥儿作为中学教员的身份；过雅又会有损于哥儿的庶民本色。过于书面语化，会失去哥儿那种明白如话、径情直行的口吻特征；过于口语化了，又会显得语言拖沓，失去原文蕴含的余味。这种文野、雅俗的分寸，在译语的选择上，经常使译者陷入搔首踟蹰的境地。

《哥儿》自叙式的语言特色，还表现为哥儿在自叙过程中时时掺进转叙其他人物语言的描写手法，这是日本民众所喜爱的铺陈事件的一种表达方式。这种方法，使人宛如倾听一个口齿伶俐的讲故事的人，绘声绘影、娓娓动听地在转述现场的情景。在日语中，无论是哥儿的自述或对他人话语的转述，许多场合都可以省去主语，从而使这种叙述，在行文跌宕开阖之际，取得简练而生动的效果。但在汉译中却不得不补进许多主语，削弱了原文简练生动的特色。

《哥儿》中的滑稽幽默感，移植到汉语中来，也往往会变得黯然无光。《哥儿》中许多人物的滑稽绰号，如"狗獾""蹩脚帮闲"之类，不可能期望中国读者也像日本读者那样唤起同样丰富的联想。至于其他由谐音词、俏皮话引起的谐谑的表现，有些也是很难找到等值的译语的。特别是这个以"江户儿"自诩的哥儿，经常在他的口吻中流露出他那既正直朴诚又轻佻浮躁的复杂性格，这种复杂的性格，正是原作赖以唤起读者幽默感的艺术魅力所在。又如作品中往往利用东京话与地方话的对比，以显示哥儿轻佻自负的一面，从而酿成笑料。这些都是这部作品语言的轻妙、谐谑之处，企图完全传出原作的神态，也是十分困难的。日本的评论家曾经指出，《哥儿》的语言脱胎于日本民众所喜闻乐见的民间文艺"落语"（类似我国的单口相声）。正像我国相声之难于迻译成外语一样，《哥儿》译成我国语言，也会遭逢类似的困难。

译者在这里之所以缕述了这部作品的翻译之难，一者是为了省察拙译的不足；二者也是为了使读者更多地了解原作的艺术特点，从而说明这部翻译作品不过是力求其略近于原作的仿制品而已，其他诚非所敢奢望。

我国目前已有《哥儿》的一种译本。这次译者之所以不自揣谫陋，应邀迻译这部作品，目的无他，只是出于如下考虑：像夏目漱石的《哥儿》这类风格独特的作品，似乎以有多种译本为好，这样，庶几可以由不同的译笔、译者不同的力点所在，使原作从多方面得到照明；同时也可以唤起更多的有兴趣的人来参加这一工作，相信最后必将能出现一个真正完美的译本，则译者的所愿也就达到了。

刘振瀛

夏目漱石年谱

一八六七年 二月九日（旧历正月五日），生于江户牛入马场下横町（即今新宿区喜久井町），为第五子，本名金之助。父名夏目小兵卫直克，母名千枝。夏目家为该町名主，一度拥有相当的势力，但其时家道已开始中落。出生后即被送去四谷一旧货店（一说蔬菜铺）做里子，不久即被领回夏目家。

一八六八年 一岁 成为曾是夏目家书生的四谷名主盐原昌之助的养子。此后因养父的工作关系频频移居。

一八七四年 七岁 春，养父的外遇问题导致家庭不和，与养母一同回养母娘家。十二月，入读公立户田小学，在校期间成绩优秀。

一八七六年 九岁 养父母离异，因而返回夏目家，户籍未改，转读公立市谷小学。

一八七八年 十一岁 二月，在与友人合办的传阅杂志上发表汉文体论文《正成论》。四月，从市谷小学上等小学第八级毕业。十月，从锦华小学小学寻常科二级后期毕业，入读东京府立第一中学。

一八八一年　十四岁　一月，母亲千枝去世。从第一中学退学，进入私立二松学舍学习汉学。

一八八三年　十六岁　为备考大学预备门，进入神田骏河台的成立学舍学习英语。

一八八四年　十七岁　九月，入读大学预备门预科，与中村是公同年级。

一八八五年　十八岁　与中村是公等约十人过着书生式的寄宿生活。

一八八六年　十九岁　四月，大学预备门改称第一高等中学。七月，成绩下滑，罹患腹膜炎，无法参加升级试，只能留在原年级。由此发奋，迄至毕业，成绩稳居首位。后欲自力更生，成为本所江东义塾的教师。

一八八八年　二一岁　一月，户籍从盐原家复归夏目家。七月，从第一高等中学预科毕业。决意专攻英国文学，九月入读本科一部（文科）。

一八八九年　二二岁　一月，与正冈子规相识。用汉文批评正冈子规的诗文集《七草集》，并首度以"漱石"为名添七言绝句九首。八月，与学友游房总，九月写就纪行汉诗文《木屑录》，求身在松山的正冈子规批评。

一八九〇年 二三岁 七月，从第一高等中学本科毕业。九月，进入帝国大学文科大学英文专业。此时起至次年，为厌世思想所困扰。

一八九一年 二四岁 敬爱的嫂子登世（季兄直矩之妻）去世。十二月，受J·M.迪克森之托着手将《方丈记》译成英文。

一八九二年 二五岁 四月，为豁免兵役而分家，户籍移至北海道，成为北海道平民（一九一三年恢复东京府平民身份）。五月，就任东京专门学校讲师。六月，在《哲学杂志》发表东洋哲学科目论文《老子的哲学》，七月，成为《哲学杂志》编委。是年夏，与退学的正冈子规同游京都与界，拜访正冈子规位于松山的老家，与高滨虚子相识。十月，评论《论文坛平等主义代表人物沃尔特·惠特曼的诗》在《哲学杂志》发表。十二月，发表教育学论文《中学改良策》。

一八九三年 二六岁 一月，在帝国大学文学谈话会上发表演讲，题为《英国诗人对于天地山川的观念》。三月，演讲稿在《哲学杂志》连载（六月完结）。七月，从文科大学英文专业毕业，进入研究生院。十月，得学长外山正一推荐，于东京高等师范学校任英语教师。

一八九四年 二七岁 二月，咳血痰，医生诊断为肺结核初期。十二月至次年一月，在镰仓圆觉寺释宗演门下参禅。

一八九五年 二八岁 应聘横滨《日本通信》记者一职，未获录用。四月，得友人菅虎雄居中斡旋，执教于爱媛县寻常中学（今松山中学）。八月，中日甲午战争爆发，从军的正冈子规因咳血回国，在夏目漱石宿舍借宿二月有余。十二月，回东京，与贵族院书记官长中根重一长女镜子相亲并缔结婚约。

一八九六年 二九岁 四月，得菅虎雄居中斡旋，就任第五高等学校讲师，赴熊本。六月，在熊本市光琳寺町租房暂住，在此房中与中根镜子举行婚礼。七月，升任教授。

一八九七年 三〇岁 在俳坛声名鹊起。三月，评论《项狄传》在《江湖文学》发表。六月，父直克去世。七月，陪镜子回东京，镜子流产。逗留东京期间曾去根岸庵探望卧病的正冈子规。年末埋头于汉诗创作。

一八九八年　三一岁　镜子的歇斯底里症加剧，欲跳入井川渊。九月，教授寺田寅彦等五高生俳句。十一月，随笔《不言之言》在《杜鹃》发表。

一八九九年　三二岁　四月，随笔《英国的文人与报纸杂志》在《杜鹃》发表。五月，长女笔子出生。六月，任英语主任。八月，评论《小说〈艾尔温〉的批评》在《杜鹃》发表。

一九〇〇年　三三岁　五月，受文部省之命停薪留职，赴英留学两年。七月，回东京将妻子托付娘家。九月，乘坐德国汽船从横滨出发。十月，中途在巴黎参观了万国博览会后抵达伦敦。十一月至次月，接受莎士比亚学者克雷格博士的单独授课，约至次年十月，出入于博士私宅。

一九〇一年　三四岁　一月，次女恒子出生。此时起至回国，专注于写作《文学论》。因留学经费不足及孤独感等因素导致神经衰弱。次年开始创作英文诗。

一九〇二年　三五岁　九月，陷入重度神经衰弱，发狂的传闻传入日本国内。为排遣心绪，开始练习骑自行车。十二月，离开伦敦，踏上归国路。

一九〇三年　三六岁　一月，回国。三月，辞去第五高等学校的教职。四月，就任第一高等学校讲师。同时继小泉八云之后兼任东京帝国大学英文专业讲师，负责讲授《英文学形式论》与《织工马南》。因其重于分析的授课风格与小泉八云诗化的风格迥异，故一度招致学生不满。六月，随笔《自行车日记》在《杜鹃》发表。七月，神经衰弱症加重，与妻子分居约两个月。十月，三女荣子出生。十一月，神经衰弱症再度加重，症状持续约半年之久。是年开始习水彩画。

一九〇四年　三七岁　一月，评论《关于麦克白的幽灵》在《帝国文学》发表。四月，兼任明治大学讲师。七月与八月，谈话笔记《英国戏剧现状》在《歌舞伎》发表。十二月，听从高滨虚子的建议尝试创作的《我是猫》，在正冈子规设立的笔会"山会"上由高滨虚子朗读发表，获得好评。

一九〇五年　三八岁　一月，《我是猫》在《杜鹃》发表，获好评，应读者要求连载，至次年八月完结。是月，《伦敦塔》在《帝国文学》发表，《卡莱尔博物馆》在《学镫》发表。四月，《幻影盾》在《杜鹃》发表，演讲稿《伦敦之兴味》在《明治学报》连载（五月完结）。五月，《琴之空音》在《七人》发表。九月，《一夜》在《中央公论》发表。是月，在东大开讲，题为《十八世纪英国文学》（出版时改题为《文学评论》）。此时起切望辞去教职，专注创作。十月，《我是猫 上篇》由服部书店出版。十一月，《薤露行》在《中央公论》发表。

一九〇六年　三九岁　一月，《趣味的遗传》在《帝国文学》发表。四月，《哥儿》在《杜鹃》发表。此时为胃硬化所苦。五月，首部短篇集《漾虚集》由大仓书店出版。九月，《旅宿》在《新小说》发表。十月，在铃木三重吉提议下将每周四定为会面日，所谓"木曜会"即由此起。

一九〇七年　四〇岁　一月，《初冬寒风》在《杜鹃》发表，中篇集《鹑笼》由春阳堂出版。二月，朝日新闻社来谈招聘事。四月，辞去教职，入职朝日新闻社。五月，随笔《入社之辞》在《朝日新闻》发表，评论《文学论》由大仓书店出版，评论《文艺的哲学基础》在《东京朝日》连载（六月完结）。六月，《虞美人草》在《朝日新闻》连载（十月完结）。是月，长子纯一出生。九月，神经衰弱症缓解，开始为胃病所苦。

一九〇八年　四一岁　一月，在为春阳堂出版的高滨虚子作品《鸡头》所作序文中陈述高蹈派文学的观点。是月，《矿工》在《朝日新闻》连载（四月完结），《虞美人草》由春阳堂出版。六月，随笔《文鸟》在《大阪朝日》发表。七月至八月，《十夜梦》在《朝日新闻》发表。九月，《三四郎》在《朝日新闻》连载（十二月完结），《斗草》由春阳堂出版。十二月，次子伸六出生。

一九〇九年　四二岁　一月，随笔《永日小品》在《朝日新闻》连载（三月完结）。三月，评论《文学评论》由春阳堂出版。是月至十一月，养父盐原昌之助来索要金钱。五月，《三四郎》由春阳堂出版。六月，在《太阳》杂志举办的第二届"二十五名家"投票活动中，当选为得票数最多的文艺家，拒绝领奖。是月，《后来的事》在《朝日新闻》连载（十月完结）。八月，随笔《长谷川君与我》在《朝日新闻》发表。九月至十月，应满铁总裁中村是公之邀游满洲与朝鲜。十月，行记《满韩处处》在《朝日新闻》连载（十二月完结）。十一月，在《朝日新闻》设文艺专栏。

一九一〇年　四三岁　一月，《后来的事》由春阳堂出版。三月，《门》在《朝日新闻》连载（六月完结）。是月，五女雏子出生。五月，作品集《四篇》由春阳堂出版。六月，评论《长冢节先生的小说〈土〉》在《朝日新闻》发表。六月至七月，因胃溃疡入住长与胃肠医院。八月，转至静冈县修善寺温泉疗养，病情恶化，大量吐血以致人事不省，友人与弟子一度受到召集，后终于脱离危险。十月，回东京，再次入住长与胃肠医院。是月，随笔《回想起来的事》在《朝日新闻》连载（次年四月完结）。

一九一一年　四四岁　一月，《门》由春阳堂出版。二月，获赠文学博士称号，固辞。是月，谈话录《博士问题》在《东京朝日》发表。七月，随笔《科培尔先生》在《朝日新闻》发表。八月，持续在关西演讲，胃溃疡复发。是月，随笔集《来自剪贴簿》由春阳堂出版。九月，回东京，患痔疮，至次年春结束治疗。十一月，五女雏子夭折。是月，

《朝日讲演录》由朝日新闻社出版。

一九一二年　四五岁　一月,《过了春分时节》在《朝日新闻》连载(四月完结)。九月,再度接受痔疮割除手术。此时起喜好毛笔书法,画南画风格的水彩画。是月,《过了春分时节》由春阳堂出版。十二月,《行人》在《朝日新闻》连载(一度因病中断,两年零十一个月后完结)。

一九一三年　四六岁　一月,患重度神经衰弱,困苦至六月许。二月,讲演录《社会与自我》由实业之日本社出版。三月,胃溃疡复发,卧病至五月。

一九一四年　四七岁　一月,评论《内行与外行》在《朝日新闻》发表。是月,《行人》由大仓书店出版。四月,《心》在《朝日新闻》连载(八月完结)。九月,因胃溃疡第四次复发而卧病。十月,《心》由岩波书店出版。十一月,在学习院演讲,题为《我的个人主义》。

一九一五年　四八岁　一月,随笔《玻璃门内》在《朝日新闻》连载(二月完结)。三月,游京都,中途因胃溃疡第五次复发而病倒。是月,评论《我的个人主义》在学习院内刊《辅仁会杂志》发表。四月,随笔《玻璃门内》由岩波书店出版。六月，《纷扰》在《朝日新闻》连载（九月完结），十月由岩波书店出版。十一月，《金刚草》由至诚堂出版。十二月，芥川龙之介与久米正雄等参加"木曜会"。

一九一六年　四九岁　一月，旧年年末为关节炎所苦，转至汤河原温泉疗养。是月，评论《点头录》在《朝日新闻》发表。二月，致函芥川龙之介，赞赏《鼻子》。四月，确诊疼痛乃糖尿病而非关节炎所引起。五月，《明暗》开始在《朝日新闻》连载（十二月，连载因去世而终止）。概八月始，大量创作汉诗。十一月，因胃溃疡卧病。十二月初，引发大量内出血，九日去世。

一九一七年　一月，《明暗》由岩波书店出版。